U0014424

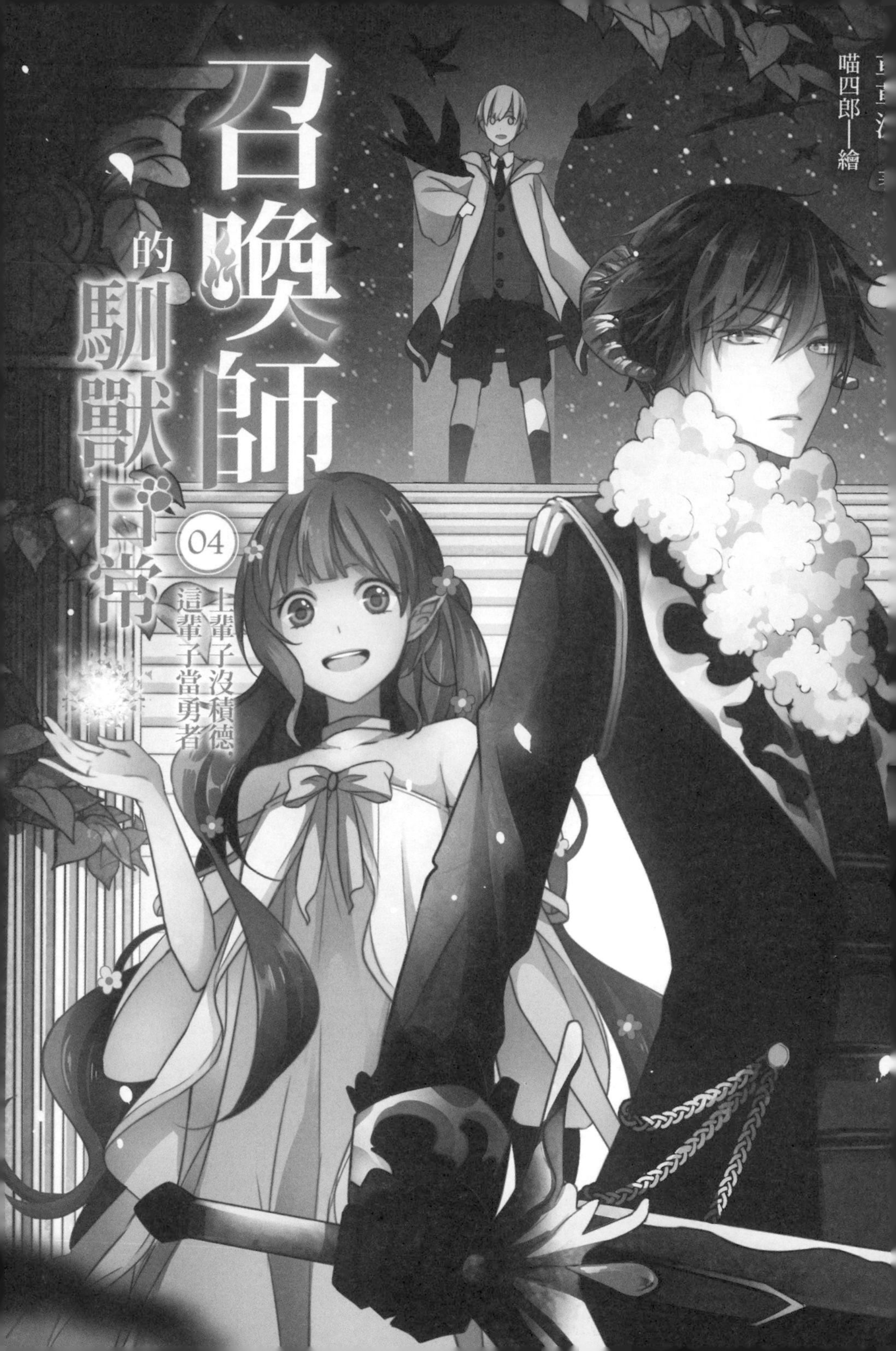
召喚師的馴獸日常
04
上輩子沒積德，這輩子當勇者
喵四郎—繪

序章

很久很久以前，在一個名爲貝卡的國家裡的某個地方，有座外觀莊嚴的建築，裡面整潔明亮的大廳中，擠滿了許多顯得如臨大敵的召喚師。有人帶著忐忑不安的神情拚命翻著自己的魔導書，也有人站在原地不斷低聲背誦著什麼，整個大廳內的氣氛十分緊繃，只因爲今天是這些召喚師被決定命運的日子。

此時，一名少年悄悄推開門進來，當他踏入大廳時，立刻吸引了所有人的目光。以少年的年紀來說，出現在這個場合實在相當稀奇，而且更奇怪的是，他並沒有帶魔導書。

在A級召喚師檢定的會場裡，居然有人連最基本的魔導書都沒帶？當少年走向櫃檯時，已經有不少人露出憋笑的表情，覺得他是來鬧場或者只是走錯了路。

「那個……我要報考A級召喚師。」少年站在櫃檯前，有些尷尬地表示，想必知道自己有多顯眼。

「你的魔導書呢？」櫃檯處負責辦理報名手續的召喚師忍不住問了句。雖然規則沒有要求一定得帶魔導書應考，但這畢竟是重要的國家檢定考試，沒人會空手而來。

「被燒掉了。」彷彿不太想提起這件事，少年無奈地回答，櫃檯人員一陣錯愕。察覺到少年似乎有隱情，櫃檯人員便不再追問，然而看見少年所填寫的資料後，他又有意見了。

「你是C級？」櫃檯人員一臉難以置信，「孩子，你知道這裡是A級檢定的會場嗎？」

像是早已料到對方會這麼問，少年立即回答：「召喚協會並沒有規定不能跳級報考。」

聞言，對方只好摸摸鼻子，幫他完成報名手續。而這段小插曲更讓其他考生感到好奇了，少年不是對自己的實力過於自信，就是小瞧了A級檢定的難度。

「小子，你眞的知道這裡是A級考場嗎？」最後終於有人按捺不住，上前問道：「你懂A級召喚師的價值嗎？只要成爲A級，不僅在各地都能找到薪資優渥的工作，甚至還有機會成爲宮廷召喚師。正因如此，這個檢定也十分難考，以你的年紀來說，應該沒那個實力。」

面對這番咄咄逼人的質問，少年只是露出淡淡的微笑。

「那個，我會替你祈禱不要遇上我的。」

「你——」

「我們是召喚師，對我有什麼不滿的話，就用召喚一較高下吧。」少年無懼地看著他，語氣很堅定。

「衝著你這句話，等等要是遇到我，你就慘了！」

對方氣呼呼地離開後，少年鬆了口氣。

若是以前的他，遇上這種明顯來找碴的彪形大漢肯定會感到害怕，但在收服了一隻整天威脅要吃了他的流氓幻獸後，他就漸漸覺得這根本沒什麼了。

「就算很困難，也不能放棄呢……」少年望著遠方低喃。「因爲約定好了啊，我要堅強。」

「這一次，等你回來的時候，我一定會成爲能夠保護你的召喚師。」

召喚師的檢定考試分爲三個部分，筆試、隨機召喚戰鬥、魔導書召喚戰鬥。筆試與隨機召喚各占三十分，魔導書召喚占四十分，滿七十分即爲及格，這是個必須三項測驗都達到一定成績才能通過的考試，對大部分的召喚師來說絕非易事，不過每年仍是吸引許多全國各地的召喚師來報考，尤其是A級檢定。

非以召喚師爲本職的人一般實力落在D到E級，厲害一些頂多到C級，C級以上就是專業召喚師的領域了。專業召喚師經過訓練後有機會達到A級的程度，至於S級則是天賦異稟，只有萬中選一的召喚師才可能觸及。

簡單來說，一般專業召喚師的最終目標多半是A級，並不會奢望自己能成爲S級，也不會去羨慕S級召喚師，因爲能晉升S級絕不會是僥倖，擁有S級意志的他們，除了本身具備天分外，肯定也付出了常人難以想像的努力。

「他就是這次最年輕的報考者？」

「嗯，十八歲，C級召喚師，國家召喚學院出身，目前剛結束於水都涅羅比斯的實習。」

當奈西準備進行最後一項測試——魔導書召喚時，場內的評審們一邊翻閱著他的資料，一邊交頭接耳起來。

「其實也不用這麼驚訝，來自國家學院的年輕考生已經不稀奇了，畢竟只有資質優異的召喚師才能就讀那所學校。」其中一名評審隨手將奈西的資料放到桌上，一臉老神在在。

「最近一次通過A級檢定的學生是我們芬里爾的人。」一名銀髮的龍族召喚師瞇起眼，不太友善地盯著奈西。「不知這少年能做到什麼程度，若非如我族一般從小開始鍛鍊意志，是很難在這個年紀達到A級的。」

「他剛剛已經通過隨機召喚的測驗了，應該沒問題，來看看他的主力幻獸是何方神聖吧。」

「年輕的金髮召喚師八成只會召喚些不入流的黑暗幻獸。」龍族召喚師評審不屑地哼道。

與此同時，場上的奈西已經準備完畢，他舉起一隻手，小指上的金銅色戒指綻放光芒——

「召喚，災厄之龍·暴食霍格尼。」

當所有人看見那隻曾經差點毀了王城的紅色惡龍出現時，場面立刻失控，場外觀戰的民眾紛紛發出尖叫聲，一窩蜂地逃離這裡，評審們則是噴茶的噴茶、怒吼的怒吼，幾個反應比較快的S級召喚師甚至馬上召出S級幻獸。

「果然……」奈西摀著臉，無可奈何地嘆了口氣，而他的主力幻獸可得意了。

「哈哈哈哈哈！再吵啊你們這些畜生！老子又回來啦！」興奮不已的霍格尼揚起翅膀，仰天發出招牌的恐懼咆哮，周遭所有A級以下的人類與幻獸瞬間倒地。

「霍格尼！」奈西氣急敗壞走到他身旁，指著紅龍的鼻子斥責起來：「我不是說在王城不能發出這種叫聲嗎！你明明答應過我了！」

聞言，霍格尼不但沒有反省，反而還理直氣壯：「你也答應我會用契文牽住我啊，結果咧？沒控制好我，這都是你的錯！」

「你——」

「你好大的膽子！」一道幾乎要把桌面拍裂的巨大拍桌聲從評審席傳來，只見龍族召喚師評審像是要把奈西瞪穿一個洞似的，整個人怒髮衝冠。「你居然敢在我面前召喚出龍？你自認比我們芬里爾家的龍族召喚師更優秀？」

其他評審連忙上前緩頰，但完全無法撫平龍族召喚師評審的怒氣。在王城，從沒有人敢當著芬里爾家召喚師的面召喚出龍，他們認爲自己是最優秀的龍族召喚師，也向來不與人分享他們的幻獸，這一直是王城中的潛規則。然而現在，奈西就這樣打破了。

奈西正要開口解釋，霍格尼率先捧著金色的腹部大笑出聲。

「你誰啊你？誰稀罕你的召喚！芬里爾家的人老是往自己臉上貼金，眞是無恥到讓人看不下去。」

「你說什麼！」

「霍格尼。」壓低的少年嗓音從身後傳來，位在霍格尼腹部的紅色契文開始發光。

「嘿嘿嘿……」霍格尼乖乖回到奈西身邊，但依舊不懷好意地對龍族召喚師評審露出尖牙。「只要你一聲下令，我會毫不猶豫地吃了他。」

「你知道我不會下這種命令。」奈西拍拍他的頭，對評審們露出歉然的笑。「抱歉，我沒有及時制住他，讓他嚇到周遭的人。這隻幻獸其實很乖，不會吃人的，不用擔心。」

他努力忽視所有評審的眼神死與「他明明就想吃人啊」的表情，繼續解釋：「召喚師選擇幻獸，幻獸也有權選擇召喚師。這隻幻獸長期遭受芬里爾家的召喚師迫害，所以他最後選擇了我。」奈西盯著龍族召喚師說，此話一出，評審們紛紛隨著他的目光看去，一向奉行家醜不外揚的龍族召喚師板著一張臉閉上了嘴。「我想你們應該很清楚他受到了怎樣的對待，所以我有權召喚他。」

情況陷入僵持，這時圍觀的群眾逐漸從恐懼中回過神，躲在角落的他們一方面驚訝於霍格尼眞的沒有攻擊任何人，一方面也對竟是由非芬里爾家的人收服了他感到不可思議。

「這隻龍不是當年芬里爾家的召喚師控制不了，因此暴走的幻獸嗎？」

「居然被外人收服了……看樣子芬里爾家也不是完全的龍族專家啊。」

「看這些姓芬里爾的吃癟就是爽。」霍格尼嘿嘿笑著。「所以咧，老子的對手是誰？這裡所有人嗎？場外的S級幻獸嗎？」

「不是啦，是對面的——呃。」話說到一半，奈西才發現對面的召喚師與幻獸早已被霍格尼的吼聲震倒。「沒事，你已經打倒了。」

不是所有A級幻獸與召喚師都能抵抗霍格尼的吼聲，奈西自己也是經歷了幾百次才慢慢克服。

評審們面面相覷，對於這個比起考試更像是來踢館的少年，他們似乎沒有理由不給予高分，畢竟奈西展現出了超群的A級意志，不僅在承受災厄之龍的吼聲後神色自若，也能輕易控制這隻龍，這樣的表現就連A級召喚師也不一定做得到。

經過這件事，他們相信少年的名聲將會在王城傳開。

人們將會說，他是史上第一個收服災厄之龍的天才召喚師。

第一章

奈西看著手上由召喚協會發給的A級合格證書，召喚協會在檢定審核方面異常有效率，通常考完最後一項測驗後，筆試的成績也已經出爐了。他一邊為自己居然可以取得如此高分而訝異，一邊與化為人形的霍格尼一同走出召喚協會總部，一路上迎來不少目光。

他很慶幸協會的人相信他的實力，否則霍格尼也許又要被帶走了。不過想到騷動都是霍格尼引來的，奈西還是開口訓斥：「不是說好不能在王城發出恐懼之吼嗎？你會給大家添麻煩，而且還有可能被芬里爾家的人帶走！」

「老子才不怕！誰召喚我出來我就吃了誰。」

「不要老是將吃人掛在嘴邊啦……」雖然知道霍格尼並沒有吃人的癖好，但這隻「惡龍」似乎已經習慣了用吃人來威脅，想當初他說要考B級檢定時，也是被如此對待——

「你敢帶我考B級試試看，信不信我吃了你！」

仔細想想，帶著霍格尼出現在B級考場的確太過嚇人，因此奈西才大膽地選擇跳級考試。然而事實證明，這傢伙不管帶到哪裡都會嚇死人。

感覺到自己幾乎快要被民眾的視線刺穿，奈西忍不住說：「我們太顯眼了，飛回去吧。」

「還用你說！」霍格尼大搖大擺地在眾目睽睽之下變成一頭大紅龍，低頭讓奈西爬到背上。接著他翅膀一拍，在街上掀起一陣狂風後飛上天空。

「好久沒回來了，好懷念啊。」縱使才離開一年，但這一年發生了太多事，如今重新回到家鄉，奈西不禁有些感動。

腳下是密集的建築物，在空中他們可以清晰看出整個王城的結構。王城中央是剛剛他們離開的地方——召喚協會總部，北方則有一座占地十分寬廣、附帶眾多庭院的巨大城堡，那裡住著宮廷召喚師與王族，正是赫赫有名的宮廷；而宮廷正對面，位於王城南方的巨大建築物，便是國家召喚師學院。

東側與西側也各有一座面積廣闊的豪宅，位於東方的是芬里爾一族的本家宅邸，西方則是勇者一族的宅邸。從高空俯視而下，可以發現兩家的領地幾乎是一樣大的，放眼望去也只有這兩家擁有如此氣派的私人住宅。

席爾尼斯家與芬里爾家是當初令人類贏得幻獸戰爭的兩大功臣，因此國王賞賜了大片領地。在過去，雙方勢力曾經旗鼓相當，可現在勇者家只剩下一位繼承人，影響力自然大大不如以往。

望著席爾尼斯家的所在處，奈西忽然有股想去拜訪烏德克的衝動。自從魔導書被燒毀後，他與烏德克就斷了聯繫，雖然考慮過以正常管道寄信給烏德克，但他跟烏德克一直遵守著私交不讓他人知曉的原則，因此最後還是放棄了這個念頭。

奈西感覺得出來，烏德克在外人面前總是盡量與他保持距離，所以他也很識相地裝作彼此不熟悉，儘管並不知道其中原因。

「……算了，明天就能見到面了，到時候再去找他吧。」他喃喃低語，決定讓霍格尼直接飛回家中。

回到家，發現自家花園仍然茂盛得一如離去時的模樣，奈西頓時驚訝不已。

「天啊……」他摀住臉，萬萬沒想到烏德克會如此細心。

雖然以烏德克的魔力量來說，召喚幾隻地精幫忙打理只是舉手之勞，但要維持得這麼好必須幾乎天天召喚才行。想到烏德克每天經過他家都不忘召喚，他便感動得說不出話。

「你家眞小。」然而他的感動一下子就被霍格尼破壞。「這房子要養一條龍也太勉強，以後在這召喚我記得出聲喊一下，否則壓爛你家花園一概不負責。」

驚覺霍格尼那龐大的身軀只要在花園裡轉個身就會把所有花草壓爛，奈西下意識打了個寒顫，連忙點點頭。

他在家裡與後院繞了一圈，除了灰塵多了點以外，全跟離開時一模一樣，唯一不同的是，過去與他一同生活的幻獸們如今都不見蹤影。

思及被燒掉的魔導書，奈西有些悲傷。他並不怪罪霍格尼，甚至有些感謝他，因為如果讓艾琳娜持有魔導書，他的幻獸可能統統都會慘遭毒手，所幸最後書燒掉了，讓他們逃過一劫，雖然代價是他與大家失去了聯繫。

為了鍛鍊意志，這一年來在考上A級之前，奈西只能夠召喚霍格尼，這是霍格尼的要求。現在想要找回過去的夥伴必定不是件易事，也不太可能全部找回來。

他忽然好不習慣空蕩蕩的肩膀，這段日子裡，他最想念的就是陪伴他多年的伊娃。他可以感覺到諾爾的存在，但伊娃就真的完全失去了音訊。當時情況緊急，他沒知會她一聲便直接將使魔換成諾爾，肯定讓她很擔心。而他也擔心，忽然回歸被召喚人生的伊娃會不會不習慣這樣的生活。

「幹麼啊？臉色這麼難看。」剛好走過來的霍格尼見奈西神情憂傷，開口問道。

「沒什麼，只是覺得……要找回過去的夥伴，果然不太容易呢。」

奈西苦笑著回應，霍格尼粗暴地揉了揉他的頭，把頭髮弄得一團亂後，才丟給他一封信。

「在你家信箱發現的。」

奈西將自己的頭髮撥整齊，疑惑地看著那封信。

信封上空白一片，既沒有寫地址也沒有收件人，這讓他懷疑對方是怎麼寄到這裡的。他小心翼翼拆開信封，裡面有一封內容簡短的信——

初次見面，祝你十八歲生日快樂，希望你會喜歡這個禮物。

一頭霧水的奈西又攤開被對折了兩次的另一張信紙，然後瞬間石化在原地。

在那張高級的羊皮紙上，印著一道樣式簡潔的藍色契文。

「到底是怎麼回事啊……」

隔天是開學日，在前往學校的路上，奈西仍對那封信耿耿於懷。

寄件者完全是個謎，而且還給了他藍色契文當作生日禮物，他搞不清對方到底是真的想祝福他，還是想陷害他，畢竟藍色契文是BOSS級幻獸的象徵，若是極耗魔的S級BOSS，一召喚出來他就掛了。而他檢查了信件好幾次，依然找不到任何有關這個契文的線索。

不過這個懸而未解的問題在他走進校園後，便暫時被拋到腦後了，只因周遭的人都在看他。奈西心裡有數，之前參加A級召喚師檢定時召喚災厄之龍的事，肯定傳遍了整個校園。想想也是，這麼嚇人又囂張的舉動，大概整個王城除了他也找不到第二名召喚師敢這麼做，不用問伊萊，奈西也知道自己絕對已經成爲芬里爾家的眼中釘。

即使如此，他也不打算放棄召喚霍格尼，因爲這是他認爲正確的事。

「奈西！」

略顯急促的呼喚聲傳來，奈西回頭一看，一道身影映入眼簾。

黑色的召喚師袍隨風飄揚，燦金的髮絲在陽光下閃閃發亮，當奈西看見那個人時，立刻露出欣喜的笑容。

他正準備喊對方的名字，卻忽然想起四周還有其他人，於是連忙改口：「烏、烏德克老師……」

聽見這個稱呼，烏德克愣了一下，有些尷尬地咳了聲，也換回平時冷靜的模樣。

「恭喜你完成在水都的實習，我聽聞水都發生了一些事，所以在上課之前，先跟我回辦公室報告一——」還來不及說完最後一個字，烏德克就踩到不知爲何躺在長廊上的紙張，整個人向前一滑跌了個狗吃屎。

「哇啊啊……老、老師！」

「你、你知道水都發生的事了？」

「事情鬧得這麼大，想不知道也難，而且幻獸界的消息傳遞很靈通的。我不會怪你去當勇者召喚S級幻獸的事，眞的不會怪你。」

在前往辦公室的路上，烏德克一邊擦著鼻血一邊回答，還刻意在最後一句話加重語氣，奈西見他板著臉孔，便知道他肯定十分在意。

「抱、抱歉……那時情況緊急，所以……」

「不，我也有錯。我應該要早點說的，但已經來不及了。」

「什麼？」

此時他們剛好抵達烏德克的辦公室，踏進去並關上門後，烏德克才帶著沉重的表情緩緩開口：「不要與芬里爾家扯上關係，離他們越遠越好。」

奈西露出錯愕的表情。

「我該早點告訴你的，之前看你與他們家的孩子感情不錯，所以才沒說。事實證明……」說著說著，他忍不住用一隻手摀住雙眼，話音也染上一絲哭腔。「為何不早點告訴你……不，讓你去水都本來就是個錯誤。」

「烏、烏德克？」

奈西從未看過烏德克表現出如此脆弱的姿態，他慌張地想上前安慰，然而烏德克率先一把將他拉入懷裡。

「我都聽說了，你被賽比西林的召喚師盯上，召喚S級幻獸救了大家……後來不幸遭到艾琳娜・芬里爾凌虐的事。」

奈西愣在那裡許久，最後才悶悶不樂吐出一句話：「被凌虐的不是我。」

想起當時的情況，他便無法原諒自己。都是因為他太過軟弱，才會讓諾爾遇上這種慘事。

「一樣的……優柔寡斷的你竟在短短一年內成為了A級召喚師，光憑這點就可以明白你所經歷的事有多麼震撼。如果你被艾琳娜殺掉的話，我——」

「這一切都是我自己的決定導致的！」覺得烏德克的想法過於鑽牛角尖，奈西連忙與他拉開一點距離，插口解釋。他看著烏德克黯然的模樣，有些猶豫地說：「所以不要自責，好嗎？真的，你沒有任何錯。」

他不明白烏德克的反應為何會這麼大。烏德克就像是把責任全攬到了自己身上一般，自責到令他困惑。

烏德克並沒有被這番話安慰到，依舊滿臉凝重。

「……無論如何，我都希望你能活下去。」最後，烏德克投降似的嘆息一聲，深深看著奈西。

望著那對蔚藍的眼睛，奈西忽然有種自己在烏德克心裡比想像中來得重要的感覺。雖然不明白其中的原因，但這份心意他還是接收到了，因此露出微笑。

「我會的。」奈西的語氣充滿真誠，他決心不再違背承諾。「為了與身邊的人一同平安活下去，這一次，我不會再輸。」

昔日總是帶著猶豫與忐忑的雙眸，如今被無與倫比的堅定所取代，奈西早已克服了恐懼。

烏德克再度長嘆一口氣，摸摸奈西的頭，眼神充滿了複雜。

縱使奈西內心仍有許多疑惑，像是關於烏德克異常的態度，以及為何不要接近芬里爾家，不過在他問出口之前，烏德克已經轉身走向書桌。

「果然是物以類聚啊……」烏德克苦笑著將手放到攤開的魔導書書頁上。「你不會孤單一人的，你的夥伴也準備好了。」

他閉上雙眼，輕喊一聲：「召喚——」

書桌旁冒出一道召喚陣，一名正值荳蔻年華的少女從裡面輕巧飛出。

她的一頭褐色波浪捲長髮綁成了公主頭的髮型，極為迷人的紅寶石色雙眼流露出靈動的光芒，淺粉與流金交織而成的蝶翼在身後輕輕拍動。她身著一襲粉白色洋裝，裙襬是前短後長的設計，讓白皙的雙腿展現出來，腳上穿著白色高跟涼鞋。這名擁有驚人美貌，散發著猶如仙女下凡那般出塵氣息的少女，懷裡抱著一本魔導書，對奈西揚起熟悉的淘氣微笑。

奈西呆呆看著眼前有著人類大小的少女，一時說不出話。

雖然體型完全不一樣，長相也不太一樣了，但無論她變成什麼樣子，他都認得出來。

那是他的蝴蝶妖精。

從小陪伴在他身旁，他最疼愛的幻獸。

「伊娃！」

他哭喊出她的名字。

「奈西西——」伊娃一把將魔導書塞給烏德克，衝上去撲抱住奈西。「終於見到你了！這次伊娃會成為你的力量，不會再離開你了。」

「嗯，這次也不會再丟下妳。」奈西同樣緊緊抱住她，含淚笑著回應。「當時真是對不起，我害怕諾爾再被召喚，所以將使魔資格給了他。妳一定很擔心吧？在幻獸界過得還好嗎？被別人召喚後有被欺負嗎？」

「伊娃很好，而且現在能召喚人家的人也不多了，嘿嘿。」伊娃像以前一樣用得意洋洋的語氣說，蹭了蹭奈西的肩頭，一臉滿足。「能抱著奈西西真好，人家終於也可以像羊羊諾爾一樣抱你了。」

「妳怎麼會變得這麼大？」

「妖精在力量強到一定程度後，就能隨意變化大小喲，像這樣！」一陣煙霧自伊娃身上冒出，接著，一隻巴掌大的妖精出現在奈西面前。

「很厲害對不對？」她雙手插在腰間，站在奈西的手心得意地問。變小後的伊娃依然是少女的外貌，整個人迷你得好像精緻的洋娃娃。

「嗯！這樣妳就可以繼續待在我的肩上了。」奈西將掌心移到自己的肩膀旁，伊娃馬上跳了上去。

「嘿嘿，奈西西的肩膀永遠是我的專屬座位！」

「這孩子為了你付出了不少努力。」烏德克走過來，將手裡的魔導書交給他，這本書比奈西原有的魔導書要精美許多，暗紅色的書皮烙印著漂亮的金色文字。

「拿去吧，這是屬於你的。」

奈西呆愣地收下，烏德克繼續說：「你的妖精得知你的魔導書被燒掉後，便準備了一本新的，在幻獸界到處尋找那些遺失的幻獸。」

「咦……」奈西怔在原地，他看了看手上的魔導書，再看向伊娃，頓時又有想哭的衝動。

「眞的嗎？妳眞的爲了我……特地在幻獸界尋找大家？」

「人家可是使魔呀，幫主人收編幻獸本來就是使魔的職責。」伊娃蹭蹭奈西的頸子，惹得他輕笑出聲。他摸摸伊娃的頭，目光充滿了溫柔。

「雖然這樣說對某些幻獸不公平，不過我很感謝召喚的存在。因爲能夠召喚，才讓我遇見了妳。」

奈西的成長歷程一路都有伊娃相伴，從孤單的童年開始，而後與諾爾相遇決定改變，一直到現在成爲了A級召喚師，在他的記憶裡，總是有伊娃的身影。

他沒有家人，但召喚爲他帶來了家人。由於這一點，奈西衷心感激召喚體制的存在。

他翻開魔導書，發現第一頁是空白的，到了下一頁才出現細緻美麗的畫像。

右頁的圖中是一名身材姣好的長髮少女，她的背後展開一對透明的薄翼，身穿華貴的禮服，手裡拿著權杖，垂眸的神情就彷彿不食人間煙火的優雅女王，散發出高不可攀的美感。少女的肖像底下刻著一排藍色契文與她的名字——血麻蜂女王妃妮亞。

左頁的圖畫也是一名青春少女，她擁有漂亮的蝶翼，穿著飄逸的洋裝，臉上漾著危險卻迷人的笑靨。她的下方也印著藍色契文，名字是妖精蝶后伊娃。

「……妖精蝶后？蝶、蝶后？」奈西一度以爲自己看錯了，他呆呆看向站在自己肩上的小妖精。「妳是王了？」

「沒錯喲，因爲伊娃想要保護你，也想保護諾爾。」她跳起來，輕盈地轉了一圈，變回人類大小，紅色的眼眸盈滿溫柔的笑意。「所以人家變強回來了。人家的危險性經過女王陛下與龍族的認可，已經不會再輕易被擊倒了。」

雖然伊娃的話讓奈西很感動，不過受到認可的危險性到底是怎麼一回事，他不太敢去想像。

繼續往後翻閱，奈西臉上的表情越來越吃驚。

這本魔導書裡確實幾乎都是他遺失的幻獸，連當時在水都收服的雙子龍兄弟也找回來了；不僅如此，曾經和他有過口頭之約的赫拉克莉絲同樣在魔導書中，指定幻獸居然正是隔壁頁的菲特納。但不知是不是他的錯覺，總覺得似乎有好幾隻沒看過的幻獸也混進去了。

「那個，伊娃？我記得我好像沒有紫水晶妖精？而且我原本只有一隻骷髏王……」

血麻蜂女王就算了，奈西知道伊娃跟妃妮亞很要好，伊娃的確有可能要求對方加入，而紫水晶妖精可能也是伊娃的朋友，可骷髏王是怎麼回事？說眞的，看到一整面都是骷髏王的畫像還滿嚇人的。

「啊，因爲伊娃去找骷髏王的時候，剛好另一隻也在，艾斯提就逼另一隻也交出契文了。」

「艾斯提？」

「嗯！人家收集幻獸的時候，艾斯提幫了很多忙喲！深淵能連接到幾乎所有的幻獸領地，艾斯提帶人家去了不少地方找回奈西西的幻獸。如果目標是太危險的領地，羊羊諾爾也會跟過來幫忙喲！」

「諾爾？」聽見久違的名字，奈西睜大了雙眼。

「嗯！羊羊諾爾目前在深淵。」

「深淵？他在深淵做什麼？」奈西十分錯愕，依諾爾的性子來看，應該不會喜歡深淵那種寸草不生的地方，然而根據伊娃的說法，諾爾似乎已經待在那裡好一段時間了。

見奈西的神情轉爲憂鬱，伊娃神祕一笑，對他柔聲說：「很快就會知道了。」她將手放到書上，臉上露出純粹的喜悅笑容。「第一頁是留給羊羊諾爾的喲，因爲妃妃堅持要跟我同一頁，所以第一頁給諾爾。伊娃已經幫你找回大家了，最後一個，就由奈西西親自收服。」

奈西望著空白的第一頁許久，愼重地點了點頭。

自從那天奇蹟般恢復神智後，諾爾立刻告別了他回到幻獸界，自此之後，諾爾便完全失去了音訊。諾爾說過這次返回幻獸界會待上一陣子，於是奈西也配合地不去召喚諾爾。

諾爾成為了他的使魔，擁有隨時自行開啟召喚陣的能力，所以奈西相信等時候到了，諾爾一定會回來。

但眼下都一年過去了，諾爾依舊不見蹤影，令奈西原本的堅信逐漸轉為不安。

他明白，諾爾就是因為他才會遭受那種折磨，如果諾爾不是他的幻獸，如今肯定仍好好地過著原本的和平生活，畢竟不會有A級召喚師去召喚一隻羊。

因此，如果諾爾拒絕再回到他身邊，也不是沒有可能的，諾爾完全有權這麼選擇。

「召喚，災厄之龍・暴食霍格尼。」放學後，奈西來到學校後院召喚出這一年來最常待在他身邊的幻獸。

巨大的召喚陣在面前浮現，一隻紅龍從裡頭飛出來，隨即胡亂往旁邊一衝，撞上了石牆。

奈西愣然看著從石牆處轉過身，對他露出森森利齒、眼神凶惡的災厄之龍。

「這就是你的全部？你以為這樣就控制得了我？」霍格尼伸長了脖子嘶聲咆

哮。「別開玩笑了！誰都無法控制我！」

「霍格尼……」

「閉嘴！不准用那個聲音叫我！」霍格尼勃然大怒，他迅速衝向前朝奈西張大了嘴，只差一步就要一口撕裂奈西——

烙印在金色腹部的紅色契文發出光芒，被契文制約住的霍格尼猛然停下動作，奈西也在此時伸出手，輕輕將他的頭拉過來，撫摸著被龍鱗覆蓋的頭頂。

霍格尼圓睜著雙眼，整隻龍僵立在那裡，好半晌才漸漸冷靜下來。

他收起翅膀，溫順地垂頭讓奈西撫摸，像是要感受更多柔和的意志一般，霍格尼闔上雙眼。

「不夠，再強烈一點……」他低聲沉吟。「我要更多……你的意志……」

「不行，你必須練習靠自己冷靜下來。老是在我跟艾琳娜的強烈意志之間擺盪的話，你會瘋掉的。」

「我已經瘋很久了……一直一直……都在吃人……總有一天，也……」

「你不吃人，霍格尼。你從來就不是什麼吃人龍，也不是災厄之龍。」奈西將自己的額頭貼到霍格尼的頸側，溫柔而堅定地反駁。「我知道眞正的你。無論你瘋掉多少次，我都會讓你想起自己原本的模樣。」

「……」

感覺到霍格尼逐漸回歸平靜，奈西收回了意志。

打從那時霍格尼憑自己的意志救了他們以後，奈西便明白殘暴的一面並不是霍格尼的本性。就好像受傷的野獸會對任何事物展開攻擊一般，霍格尼是以自己的方式對這個世界發出怒吼，眞正的他並沒有吃人的癖好。

爲了將霍格尼從這個召喚地獄中解救出來，奈西與艾琳娜展開了無止盡的紅龍主權爭奪戰，兩人都不想讓對方召喚到霍格尼，所以總是在冷卻時間過後立刻召喚。奈西的存在讓艾琳娜備感威脅，也因此她施加在霍格尼身上的意志越來越強烈，現在霍格尼幾乎只能靠奈西維持住自己的意識。

霍格尼提過，奈西的意志跟其他人不太一樣，一般召喚師使用意志時都是採取「我命令你去做什麼」的高姿態，奈西的意志卻是以「我想要達成某個目標，希望你能協助我」爲基礎。在奈西的意志之中，他非但不會感覺受壓迫，反而還會覺得相當舒適順心，因爲能感受到奈西對幻獸的重視。

意志雖然是抽象的，不過當意志強烈到某種程度，幻獸便能接收到除了決心之外的東西，譬如召喚師的過去或是內心深處的想法。

霍格尼知道，奈西的話是發自眞心，毫無一絲虛假，因爲這份心意早已透過契文傳達過來。

這句宛如救贖的話語讓他漸漸找回了自己的理智。

也在這個召喚地獄裡看見了希望。

「你可要好好活著啊，小鬼。」霍格尼化爲人形，看似漫不經心地對奈西粗聲說。「如果你掛了，我就會變成眞正的災厄之龍，發自內心地憎恨這個世界。」

「你也是。在我從艾琳娜手中把你奪回來之前，你都要好好維持住意識。」

「還用你說。」彷彿剛剛的脆弱根本不存在似的，霍格尼哼了一聲。他瞄了奈西一眼，意外地發現奈西沒什麼精神。

「幹麼？開學第一天被霸凌？」

「不是啦。」奈西無奈地否認。「今天過得很好，眞的。我的幻獸全都回來了，你看。」

他拿出自己的嶄新魔導書，霍格尼並不驚訝，只是不屑地說：「那隻蝴蝶態度可差了，一副恨不得咬我一口的樣子。」

「對耶，你也在裡面。」奈西這才想起確實在書裡看到過霍格尼，原來這隻龍早就知道了。「我聽說你被趕出龍之谷了，所以你現在住哪裡？有落腳的地方了嗎？」

「艾爾狄亞。」

「……什麼？」

也許是覺得承認這件事有點丟臉，霍格尼惱羞地低吼：「我在那隻笨羊的故鄉定居啦！那傢伙離開前跟我說有很多難民在艾爾狄亞隱居，只要我不吃那裡的幻獸、不要亂嚇人就可以留下來，老子正巧也在找窩，就先試住一下。」

一下子說定居一下子又說試住一下，察覺到霍格尼顯而易見的難爲情，奈西不禁莞爾。

「那裡一堆神經病，老子想住山頭，結果住在山腰上的某隻狼跟金羊一直想把我拉下山！說什麼那隻羊不在缺酒友很寂寞，山頂又住了一隻不怕我咆哮的老山羊，一直建議我去當什麼守護者，到哪都不得安寧！」

「咦？不怕你咆哮的老山羊？真的假的，除了諾爾以外還有其他羊能抵抗你的吼聲？」一得知居然有這樣一隻山羊存在，奈西興奮起來，他已經迫不及待想叫諾爾講這隻老山羊的故事給他聽——

「幹麼啊？怎麼臉色又垮下來？」

「沒有啦，只是想起諾爾的事。」

提到諾爾，奈西再度垂頭喪氣，他抬頭看向霍格尼，難過地問：「你說諾爾他……有沒有可能，不打算回來了？」

像是不敢相信他會這麼問，霍格尼挑起眉。

「這一年來諾爾音訊全無，雖然能感覺到他的存在，可是他完全不跟我聯繫啊，以前光是兩天沒見就會找我撒嬌討抱……」

「……」

「如果他不是我的幻獸，就不會遇到那種事了。」說到這裡，奈西更加鬱悶起來。

這一年來，他常常夢到當時的情況，諾爾失去意識前的微笑、被凌虐的種種過不再召喚這隻龍。二，與我們家爲敵。」

「爺爺！」

「沒辦法，伊萊，我不能坐視不管。如果是召喚出其他龍，我或許可以睜一隻眼閉一隻眼，偏偏這隻龍是在我們家手裡失控過的幻獸，如果由不屬於芬里爾家的召喚師來駕馭他，等於在告訴所有人芬里爾家不是最完美的龍族召喚師。」

「啥鬼啊？你們難道眞以爲自己能駕馭所有龍族？別開玩——」

「霍格尼！」

奈西緊緊抓住霍格尼的手臂，阻止他向對方動粗，不過這個舉動讓伊萊的爺爺很不滿，他冷冷地說：「你應該用意志去阻止，憑你的力氣要拉住一頭龍是不可能的事。」

「我……我不可能選第一個選項。」奈西無視這句話，面露難色。

「沒關係，你還有第三個選項——入贅到我們家。」

「……什麼？」

兩名年輕召喚師錯愕地看著男子，異口同聲。

「若想繼續召喚這隻龍，又不希望與我們家爲敵，就成爲我們家的一員。」伊萊爺爺嚴肅的語氣顯示出一點也沒有在開玩笑。「芬里爾一族目前有幾個與你年紀相仿的黃花閨女，我可以幫你安排。我們家能不計較身分與地位，就是不能不計較實力，你的表現已非常出色，未來指日可待，所以入贅到我們家是沒問題的。」

不知是否沒注意到奈西近乎石化，伊萊的爺爺自顧自地接下去：「或者收養你也可以，我想艾莉亞那不成材的丈夫肯定會同意這件事。只要你改姓芬里爾，一切都好辦。」

「……」

「我給你一段時間考慮，盡快給我答覆，否則我就當你想與我們家爲敵。你自己想清楚。」

語畢，伊萊的爺爺十分乾脆地轉身，頭也不回離去，留下錯愕不已的兩位年輕召喚師。在尷尬的氣氛中，霍格尼忿忿不平地發話了。

「這家人是怎樣，把老子當豪門入場劵嗎？」

「抱歉，奈西。我沒想到爺爺會提出這種要求……」在回家的路上，伊萊扶著額，一臉頭痛。

「沒、沒、沒關係……」雖然嘴上說著沒關係，不過奈西還處於魂不守舍的狀態。

他雖然想過芬里爾家可能會來找麻煩，但他沒想過對方會直接下達「入贅否則死」這種通牒。如果芬里爾家與他全面爲敵，他可沒有半點抵抗能力。

「喂，振作點！老子還在等你何時下令攻打芬里爾家呢。」

「……」

「說得簡單，又看不見路！而且爲什麼要逃啊？只是團黑霧……」

「這可不是普通的黑霧！你難道沒聽說嗎？最近在深淵裡赫赫有名的『那隻幻獸』！傳說他只會在黑霧中出現，而且還會襲擊陷入霧裡的幻獸，那些被襲擊的幻獸都……啊啊，我說不下去了……那眞是太可怕了，快逃！」

彷彿在證實這隻幻獸所說的情報，他們身後傳來類似蹄子踏在地上的腳步聲，而且越來越近，幻獸們馬上一個個哀號著往聲音的反方向逃走了。

不過他們的恐懼並沒有擴及到街道盡頭的廣場中。待在那裡的幻獸們完全無視其他幻獸的恐慌，就連黑霧蔓延過來時也看都沒看一眼，因爲他們正在進行非常重要的活動。

「你這傢伙，啥時心機這麼重了，玩牌還會留一手！」

「骷髏是會……學習的！你死定了！」

「怎樣都好啦，快出牌啦，我很無聊耶。」

死氣沉沉的廣場中，坐著一名穿著簡約鎧甲的巨大骷髏、一名沒有下半身的巨大骷髏，還有一名沒有頭的鎧甲騎士。三人正拿著超大型撲克牌彼此廝殺，不過正確來說，展開廝殺的只有兩個，剩下的那一個是來打醬油的。

「咦？諾爾？」打醬油的那位率先發現黑霧的存在，他一邊操控著黑影觸手選牌，一邊朝黑霧揮手打招呼。「快來啊！打牌三缺一！」

「……」

黑霧逐漸散去，一隻黑色幻獸從裡面冒了出來，他化為人形，無語走到牌咖們身旁。

「不打。」諾爾乾脆地拒絕，坐下來在一邊看他們打牌。

自從兩名骷髏王都成為烏德克的幻獸後，骷髏族之間的爭鬥大為緩和。雙方都只是想證明自己比對方更優秀，因此某天艾斯提不知發什麼神經，建議他們用打牌一決勝負後，兩王便成了忠實牌咖，沒事就相約在這個廣場對決。

所謂上樑不正下樑歪，老大打牌小弟跟著打，現在骷髏族的領地內隨處都可以見到一群骷髏不分敵我聚賭。

對於這件事，諾爾只有一個感想——果然艾斯提才是骷髏族的王。

「話說你打算何時回去啊？」在等待兩王出牌時，勒格安斯百無聊賴地拋著自己的頭，隨口一問。

「快了。」諾爾已經感覺到危機的接近，奈西越是強大，便越是將自己暴露於危險之中，天邪也說過，戰火遲早會延燒到奈西身上。

「我覺得你已經準備好啦，你個性機車，總是能很快抓到訣竅，現在肯定有辦法撂倒很多人。」

「……」諾爾不明白這邏輯是怎麼成立的。

「喂，換你出牌了啦！」

「哦哦終於換我了——嗚哇！幹麼啦！」勒格安斯正準備選牌，一隻烏鴉卻猛地衝下來不斷啄他的頭。

「又是烏鴉！每次看到你們準沒好事！走開啦，我啥也沒看見！」他生氣地抬手驅趕，但這個舉動反而惹惱了烏鴉，只見烏鴉更加拚命地猛啄，還高聲呼朋引伴，不一會兒，四周的烏鴉全趕來，一個勁地攻擊起勒格安斯。

「啊啊啊！好啦，我收總行了吧！」無頭爵士終究還是投降了，他乖乖伸手接住從烏鴉的亞空間掉出來的信件，拆開閱讀，不出幾分鐘獄羅就開始抱怨：「你看很久耶，該你出牌了啦。」

「嗚嗚……」出乎意料的，勒格安斯嗚咽出聲，他悲情地跪在地上，雙手撐著地板，還特地用觸手製造出身邊垂下三條線的特效。

「幹、幹麼啊？不過是催你快點出牌，有必要這樣嗎？」

諾爾已經懶得關心獄羅的智商，直接詢問：「怎？」

「我被叫回去了啦！得離開這裡一陣子了。」

「……叫回去？」

「沒錯，咱只能幫你到這裡了，不立刻回去的話，不管走到哪我都會被烏鴉攻擊！」

諾爾這才注意到整個廣場已經被烏鴉包圍了，烏鴉們默默待在附近的建築物與鐵欄杆上，數百對紅色眼睛一齊盯著這邊，陣仗頗嚇人。

雖然對S級的勒格安斯來說，烏鴉根本不構成威脅，可烏鴉在深淵裡到處都是，跟蟑螂一樣陰魂不散，如果不想過著走到哪都被蟑——被烏鴉襲擊的生活，最好還是不要跟烏鴉結下梁子。

更何況，他們還是深淵信差，惹惱信差絕對不是好事。

「等等，還沒打完耶，你打算現在就離開？」兩名骷髏王驚愕地看著叫出坐騎開始整裝的無頭爵士，不敢相信居然有人會放棄這麼好玩的遊戲。

「沒心情打了啦！沒看到一堆烏鴉準備攻擊我嗎！」勒格安斯沒好氣地說，將撲克牌甩在地上。

「你會離開，多久？」諾爾覺得自己最好先問清楚，畢竟每個種族的壽命都不一樣，有些幻獸可能覺得一百年只是一眨眼的時間，但有些幻獸連一年都活不到，因此，不同的幻獸對時間長短的定義也不一樣。

「不知道耶，要看我被叫回去的原因，如果諾爾你覺得寂寞的話，可以來找我啊！我會在——哇啊啊！」他話還未說完，烏鴉們已經一齊拍著翅膀衝過來了，只是一眨眼的工夫，勒格安斯與他的馬便快馬加鞭揚長而去，完全忘了身爲陰影的他們可以化爲影子裝死。

「沒辦法，只好我們倆繼續了。啊，諾爾你乾脆接手勒格安斯的牌吧！來玩！」

「……無法。」光是一張牌的長邊就跟他的身高一樣，若非和勒格安斯同樣有觸手可以使用，像諾爾這種體型的幻獸根本無法參戰。

算一算應該也到了奈西開學的時間，如果艾斯提的情報沒錯，這個學期會有一個危險人物轉學過來，那個人就各種意義而言都會對奈西不利。這一次，他可不打算眼睜睜看著自己的召喚師落入他人魔掌。

「咦？你打算走啦？」廣場再度被黑霧包圍，獄羅見狀驚訝地問。

諾爾點點頭，悄聲無息地走入黑霧中，很快不見蹤影。

「去做最後準備。」

第二章

在黑霧尚未觸及的明亮世界裡，少年仍未察覺危機的迫近，開心地去上學。走在學校長廊，少年看著手上的課表，臉上流露出疑惑的表情。

他記得自己確實選到了烏德克開設的幻獸歷史學，但在學校發給他的課表中，歷史學卻標示著「教師未確認」。

「怎麼回事……難道我選錯了嗎？」當他猶豫著要不要去問烏德克，還是乖乖等到上歷史課時再確認時，走廊另一端突然爆出一陣歡呼與尖叫聲。

「真的嗎，老師？他真的會來？」

「如、如果情報沒錯的話……是這樣……」

「天啊，居然能親眼見到那位人物，好幸福——」

「而且還會跟我們在同一間教室上課！」

一群女生嘰嘰喳喳圍著奈西的班導，有點被女孩子們的激動嚇到的班導含糊地回答她們的問題。在這般熱鬧的氣氛下，奈西走進教室，意外見到伊萊帶著有些苦惱的神情坐在位子上。

「伊萊早安，怎麼了嗎？」他坐到伊萊身旁，好奇地詢問。

伊萊被他的出現嚇了一跳，盯著明顯一無所知的奈西，伊萊猶豫了一會兒，小心翼翼地試探：「你……知道今天有轉學生要來嗎？」

「轉學生？剛剛在走廊那邊好像有聽說……」

「那你知道，那個人是誰嗎？」

奈西迷惘地搖搖頭，此時老師剛好進了教室。老師咳了一聲，要求大家安靜下來，用嚴肅的語氣開口：「今天有位轉學生要來到我們班上，由於該同學是第一次來學校上課，還請同學們多多協助他，讓他早些適應校園生活。」

「奈西！」眼見事態不妙，伊萊低低喊了一聲，一把握住奈西的手臂，轉移他的注意力。

奈西錯愕地回望，伊萊握著他的手力道大到讓人發疼，手心還冒著冷汗，而伊萊也一副如臨大敵的樣子，就好像有大事要發生。

「你聽好，接下來不管發生什麼事都不要擔心，好嗎？」

「擔心？」

「沒錯，那個人一定會讓你產生動搖，但是現在已經不同了，這一次一定不會——」

開門的聲音打斷了伊萊的話，也吸引了眾人的視線。

一名年齡與他們相仿的少年踏了進來，他的一頭深棕色短髮散發光澤，容貌英俊秀氣，眼中蘊藏著自信，臉上帶著有如練習過千百次的完美笑容，身姿挺拔、腳步輕盈，整個人展現一股完人的氣勢，讓人無法移開目光。

「初次見面，我的名字叫修迪・貝卡，乃是是貝卡王族的一員，同時也是這個國家的王子。」少年自我介紹時的從容姿態令所有人屏息，整個教室彷彿成了他的舞臺。「爲了成爲更加優秀的召喚師以領導這個國家，所以我來到了這裡，請各位多多指教。」

見到修迪的瞬間，奈西雙目圓睜，心臟跳得飛快，身子不自覺地顫抖起來。他不可能忘記這個人。

這個曾經被他深深傷害，最後讓他選擇封閉自己的人，如今竟然再度出現在面前——

修迪・貝卡。這個人正是當年使魔被他殺死，最後消失無蹤的那位兒時玩伴。

「奈西眞的好強啊，總有一天我也要成爲像你一樣厲害的召喚師。」

印象中，個頭矮小的修迪以前總是跟在他身後這麼說，眼神充滿了崇拜。他們曾經感情很好，縱使修迪在召喚對決中一次也沒贏過，仍不厭其煩地一再向他提出挑戰。

直到對未來充滿美好憧憬的修迪某天帶了新使魔來挑戰後，這份純粹的情誼才被狠狠破壞。

事情發生之後，修迪就像人間蒸發了一樣失去蹤跡，甚至搬了家，沒有人知道修迪去了哪裡，奈西萬萬沒想到居然會是宮廷。

「為、為什麼……修迪他從沒說過自己是……」他顫抖著唇問了身旁的伊萊，伊萊帶著沉重的表情緩緩說明。

「你應該知道，這個國家原本是由另一位王儲繼承，但是某天王族宣稱該王儲身染重病，其健康狀況已經不足以擔負起支撐整個國家的責任，故須另立繼承人。正當所有王族準備為了王位展開爭奪時，國王卻忽然坦承自己在外還有個私生子，那個人就是修迪。」

聽到這裡，奈西已是目瞪口呆，伊萊苦笑了下，繼續說下去。

「我也是近幾年才得知這件事，王族僅對外表示有個新王子，卻從不讓宮廷外的人看見王子的長相，他們的目的很明顯，為了令身為私生子的修迪有好名聲，他們需要時間將他培養成完美的模樣。」伊萊意味深長地望著講臺上的修迪。「如今正是時候，修迪被安排轉來這所學校，就是要讓人民認識他。」

奈西跟著看向掛著完美微笑的修迪，這位王子擁有風度翩翩的氣質、自信的態度、英俊的容貌與迷倒眾生的笑容。

然而那並不是他所認識的修迪。

記憶中的修迪應該更加直率開朗，而不是眼前這個看起來一舉一動都經過計算的虛假王子。

「好的，請找位子入座吧，王子殿下。」由於對方身分高貴，所以老師也不自覺用起恭敬的口氣，而修迪露出一個友善的笑，親切回應：「老師不用叫我王子殿下，在這個學校我跟大家一樣都是您的學生，所以請叫我修迪就好。」

在老師受寵若驚似的慌忙應好時，修迪的視線掃過教室一圈，所有人都緊張地屏息以待，整間教室彷彿成了王子選妃的會場。

這一瞬間，修迪的目光剛好與奈西對上，奈西嚇到胃都快彈出來了。

他下意識避開修迪的注視，但又覺得明明是他自己理虧在先，現在居然還逃避人家，實在不應該，於是他一邊責備自己一邊把目光放回修迪身上，可是講臺上的修迪已經不見了。

「好久不見，奈西、伊萊。」

修迪的聲音近距離響起，只見王子殿下不知何時選定了座位，而且就在奈西旁邊。

奈西倒抽一口氣，整個人像是失去了反應能力，只能呆若木雞看著修迪，最後是由一臉不自在的伊萊回應：「好、好久不見……」

伊萊的語氣很彆扭，不過沒有人注意到這一點，在場眾人的注意力都被修迪方才的話吸引了。

「你們認識？」老師驚訝地問。

「是的。」王子帶著無懈可擊的微笑回答。「他們是我的兒時玩伴，當年我們很要好呢。」

「……」奈西繼續石化。

「……」伊萊已經眼神死。

伊萊用只有奈西聽得到的音量低聲說：

「這傢伙絕對不是我們認識的修迪。」

「修、修、修迪……那個……」

下課後，被罪惡感淹沒的奈西終於忍不住開口，可是修迪很快就被班上的同學圍住，見狀，伊萊將奈西拉離教室。

「那傢伙根本不是修迪。」面對兒時玩伴的轉變，伊萊非常不以爲然。「雖然以前我就對他沒什麼好感，因爲這傢伙整天只會黏在你的屁股後面，要你教他召喚，但好歹他也是個率眞的人，才不像這個假惺惺的王子。」

即使那張臉怎麼看都是長大後的修迪，聲音也是本人沒錯，然而奈西跟伊萊都沒有眞實感。

在那段童年的時光裡，沉浸在召喚樂趣中的他們總是聚在一起玩著召喚遊戲，那時候他們還不知道召喚的恐怖之處，以及需要背負的責任，對未來充滿了美好幻想。修迪跟他們一樣喜愛召喚，即便在這方面的表現並沒有特別優秀，他也從未因此氣餒。

「總有一天我要召喚出這隻幻獸！」修迪常常攤開從圖書館借來的幻獸圖鑑，指著各式各樣的幻獸對他們興奮地說。「雖然現在魔力量還有些差距，不過肯定在不久的將來就能召喚了！到時候絕對能追上你們的腳步！」

「你傻啊，到時候我們早就變得更強了。」伊萊往往會沒好氣地潑冷水。

「加油喔，修迪。我很期待那一天。」奈西則每每帶著笑容由衷鼓勵。

他們對修迪的印象就是一個永不放棄、對召喚充滿熱情的人。修迪向來有話直說，也藏不住心事。

而更令奈西感到罪惡不已的是，在所有孩子之中，修迪最崇拜他，一直以他爲目標努力著。

直到他親手摧毀了修迪的崇拜。

「謝謝你們的好意，但我想與許久不見的兩個朋友敘敘舊。日後還有很多時間可以跟各位交流，請容我先告辭。」出乎意料的是，在他們正要離開教室時，修迪居然擺脫了人群朝他們走過來。

看著修迪，伊萊一臉反感，奈西則神情尷尬。

「這麼久沒見，我以爲你們會想和我聊聊呢，沒想到連問候都沒有就直接走了，說不傷心肯定是假的。」

奈西慚愧得不得了，伊萊卻直接地回擊：「等你改掉那文謅謅又做作的語氣，我們就會跟你問好了。」

「……」修迪微笑看著他。

「……」伊萊傲然瞪著他。

氣氛僵到幾乎快擦出火花，奈西決定挺身而出調解。

「對對對不起，修迪！」他猛然九十度鞠躬向修迪高聲說。「我當初眞的不是故意的！讓那樣的事發生眞的很對不起！」

修迪沉默了一會，最後扶起奈西。

他露出彷彿能寬恕一切的溫和笑容：「已經不要緊了，過去的事就讓他過去吧。」

「修、修迪……」

奈西感動得快要哭出來，但修迪維持著同樣的微笑，繼續說下去：「只是獸死不能復生，在那之後，我再也找不到一樣好的使魔了，這讓我很傷腦筋，如果當初沒被殺死的話就沒有這種煩惱了。對於造成我日後如此不便，你不覺得該有點補償嗎？譬如替我寫作業、我有任何困難你都必須提供協助之類的。」

「修迪。」伊萊壓低了嗓音，眼神有些恐怖。「你不要得意忘形。」

「芬里爾家的兒子應該沒有資格命令我。」修迪哼笑一聲，目光顯露出些許惡意，語氣也變得刻薄起來。「你們家族代代做爲我族的騎士守護這個國家，你不管多優秀都逃不出這個宿命，這個國家是由姓貝卡的人統治，永遠輪不到你們。」

帶刺的回應徹底惹惱了伊萊，只見他二話不說掄起拳頭就要打過去，奈西趕緊攔下。

「住手，伊萊！」奈西緊抓著他的手，爲難地看著劍拔弩張的兩人，完全不明白場面爲何會變成這樣。

他不太清楚這個國家的勢力關係，但修迪說的是事實，貝卡家族擁有超乎想像的龐大權力，他們不僅僅是一個統治國家的家族而已。

不過這些問題暫且拋到腦後，眼下化解紛爭才是首要之務。奈西連忙對修迪說：「如果你不介意我的成績不是最好的話，我當然可以協助你，所以……」

「我就知道你不會拒絕。那麼我還有事，先走了。」修迪笑了笑，優雅地轉身離去。

「那個混帳！」

修迪的轉變讓兩人都感到無所適從，對他們而言，現在的修迪像是只擁有著本人的記憶與軀殼，骨子裡早就換了一個人。

「那個人……眞的是修迪嗎……」

面帶虛僞的笑容、說話不失禮貌卻帶刺，這個人已經不是他們所認識的童年玩伴。即使修迪表示不在意過去的傷害，然而奈西感覺得出來，事情不會就這麼算了。

放學後，這件事還是沉甸甸地壓在奈西心中。當晚準備入睡時，他從書桌最下方的抽屜裡抽出幾張印著契文的泛黃圖畫，這些是小時候他們一起收集的，有修迪想召喚的、伊萊想召喚的以及他與其他孩子想召喚的幻獸，都是過去的事了。

他曾經視這個抽屜爲噩夢般的存在，碰都不敢碰，更別提拿出裡面的東西，但如今他已經能正視自己的過錯，並且坦然面對了。

只是，那名教導他該好好正視過去的幻獸不在他身邊。為了讓對方回來，他只能咬牙努力成為更好的召喚師。

雖然與修迪的過節再度浮上檯面，更陷入了要不要加入芬里爾家的為難，不過有件事奈西很確定。

「不管未來會發生什麼事，我都會保護你的。」

無論淪落到什麼樣的處境，他都一定會守住自己的幻獸。

「……嗯？」奈西困惑地眨了眨眼，不知是不是錯覺，他總覺得地面泛起一片黑色霧氣，而且還有越來越多的趨勢，不一會兒，他的大腿以下都陷入了黑霧。

他驚愕地望向透著月色的窗戶，銀白光芒在觸及地面前便沒入黑霧之中，整個房間的地板已被一層霧氣占據。

一道影子從黑暗中現身，站到了月光灑落的窗邊。

奈西睜大雙眼。

那道身影有著彎曲的羊角與黑色鬈髮，柔順的白毛圍巾隨意掛在他的脖子上，他穿著一身中世紀風格的黑色系服裝，外搭一件同為黑色的長版大衣，背後背著一把做工精緻的巨劍。

「諾……爾……？」奈西顫抖著唇緩緩喊出那個熟悉的名字。

諾爾微微一笑，霎時整個房間的黑霧逐漸散去，讓他的模樣更加清晰，當奈西確認自己不是看見幻影後，眼眶頓時溼潤起來。

爲了不讓這抹彷彿隨時都會化爲泡沫的身影消失，奈西衝上前緊緊抱住對方。

「諾爾……！」一直努力讓自己保持堅強的奈西在感受到諾爾的溫度後，再也忍不住眼淚，這一年來所有的不安與恐懼，全都因爲諾爾的出現而終於煙消雲散。

他一直遵守著他們的約定，要自己必須堅強，若不堅強起來，他不僅無法守住與諾爾之間的誓約，也無法保護諾爾，這份意念讓他無數次從恐懼之吼中振作起來，更克服了高等幻獸恐懼症。

諾爾回抱住奈西，摸摸那柔順的金髮。

「有堅強嗎？」他語帶笑意。

「嗯！我已經是A級召喚師了，也能隨時驅動霍格尼的契文。」奈西抬起臉，用力點點頭。「我不再害怕召喚高等幻獸了，只要能保護你們，再大的困難我都會克服。」

諾爾欣慰地頷首，奈西看著他，眼眶充滿了淚水，似乎又有話要說。

「我曾想過你會不會不再回來了……就因爲你是我的幻獸，才會遇到那種事。」

「我從沒，這麼想。」

爲了不重蹈覆轍，這次諾爾付出了一切努力，甚至告別了家鄉，只希望霍格尼有代替他好好守護奈西與艾爾狄亞。

這種想要活下去的念頭讓諾爾感覺很好，他想保護身邊的人，而他也確實有能力這麼做了。如果羊爺爺看見他的轉變，一定會感到十分欣喜。

「你給了我，活下去的意志。」諾爾蹭了蹭自家主人的金毛，額頭貼上奈西的額。「所以我，這輩子都會，在你身邊。永不離棄。」

奈西哭著緊緊抱住諾爾，埋到他懷裡。

「我也絕對不會拋棄你的，不管未來會出現怎樣的敵人，我都不會再讓你受傷害了。」

「嗯。」

諾爾的嘴邊泛著笑，享受著懷中的溫暖。熟悉的氣息與奈西的溫度讓他有種回到家的感覺。

他終於不必守在那棵樹旁了，因爲這裡才是他眞正的歸屬。

「有一件事我一直很在意……你出現的時候怎麼會有黑霧？」

「我變魔族了。」

「喔……咦？等等！魔族？」

之後，奈西得知了驚人的事實。

隔天一早，當諾爾久違地帶他去上學時，這隻黑羊很乾脆地說出了這個意料之外的消息。

整天跟在勒格安斯身邊，想不成爲魔族也難。更別提勒格安斯還是魔族之氣的聚合體，令諾爾的魔化程度硬是比其他後天魔族高上許多。

他還記得自己變成魔族的時候，身上瞬間爆出一團黑霧，使得方圓一公里內完全陷入霧裡，嚇壞了骷髏領地的居民。他因爲突然的轉化躺在地上奄奄一息，隨後被勒格安斯緊急送到醫院。

當諾爾醒來時，發覺自己被妖精三姊妹安置在隔離病房，由於他的關係還害得醫院暫時閉院，畢竟待在黑霧中什麼也看不到。

「你要魔化就算了，偏偏選了個病源體！」理所當然的，他甦醒後馬上被娜娜罵了一頓。

一般而言，後天魔族的魔族之力不會高到哪裡去，諾爾卻是特例。據娜娜的說法，由於他是直接被病源體傳染的關係，已經到了病入膏肓的地步，所以才會擁有製造黑霧的能力，不過還沒有誇張到連本體都能化爲黑霧。

「這樣啊，所以你的衣服也是在變成魔族後換的嗎？」奈西摸了摸諾爾的新衣服，質料依然是溫暖的羊毛。

若要說有什麼差別的話，以前諾爾的服裝比較樸素簡約，像是農家放牧民族的穿搭方式，而如今他的衣服設計變得精緻許多，偏向艾斯提的中世紀貴族路線，奈西猜想這大概是深淵風格的服飾。

「不是。」出乎意料的，諾爾這麼回答。「是艾斯提要我換的。」

「咦？為什麼？」奈西備感錯愕，難道深淵還有規定魔族要穿什麼服裝？

「……」諾爾回想起當時的情況。

「說到要變強，我覺得你最大的問題不是自身實力不足，而是你的裝備。」在諾爾決定於深淵修行的消息傳開來後，艾斯提特地來找他，一臉嚴肅地搭著他的肩說道。

「等級高的人卻穿著新手裝，被屌打也是理所當然的。所以聽我的話，現在就去換A級幻獸該有的裝備。」

諾爾不明白新手裝是什麼東西，也不懂自己這身裝扮有哪裡不對，但還是姑且點點頭。「該換什麼？」

「你是個重劍士，照理說應該換上像勒格安斯一樣的鎧甲。」

諾爾嫌棄地看著一旁的勒格安斯，刻意忽視了無頭爵士對於他這副表情的抗議，回頭對艾斯提認眞地說：「不要。這樣無法，撒嬌討抱。」

「……」

開玩笑，換上鎧甲他就不能享受抱抱了，他喜歡奈西貼著他的羊毛，既溫暖又有實感。

「好吧。」艾斯提有點受到打擊，顯然無法理解為何有人會不願照著規矩來。

「你可以當那種攻擊就是防禦的劍士，不過最好還是換一套服裝，深淵有很多裁縫師能幫你做一套比較耐攻擊、伸展性也比較好的衣服。」

「我考慮。」諾爾的猶豫不是沒有原因的，因爲像他們這種有毛的幻獸要換裝非常麻煩。

「所以你到底是怎麼換裝的？」聽到這裡，奈西已經按捺不住好奇了。「你的衣服不就是毛皮化成的嗎？難不成現在是穿別人的毛？」

「我剃毛後，把毛交給裁縫師，讓他們做一件新的。」

出乎意料的答案讓奈西呆愣在原地，隨後爆笑出聲。

「眞、眞的嗎……」想像著諾爾剃毛後將自己的毛交給其他人的樣子，奈西笑彎了腰。他對自己不是幻獸感到相當可惜，否則就能親眼目睹這一幕了。

「很麻煩。那陣子，不能化爲獸形。」那段時間的諾爾像隻穿上衣服的狗，只能穿著別種材質的服裝活動，一旦化爲羊身便會把衣服撐破，相當困擾。

「幸好現在長回——不，穿回來了。」知道這樣很沒良心，因此奈西努力忍住笑意，只是依舊無法阻止嘴角上揚。「新衣服也很好看，看起來更威風了。」

他感覺得出來，如今的諾爾沒有半點想裝嫩的意思，不但衣服換了，還直接將巨劍背在身後，一看就知道不是什麼好惹的角色。

「你的劍又是怎麼換的？」

「……說來話長。」這眞的不是一時半刻能說清的事情，或許是因爲不想讓奈西遲到，也或許根本是因爲懶，諾爾用羊角溫柔地頂了頂奈西。「再不出發，遲到。」

「也是，以後還有很多時間可以說，我們先去上學吧。」奈西摸了摸諾爾的頭，諾爾舒服地瞇起眼，奈西溫柔一笑。

「看見你回來，大家一定會很開心的。」

第三章

當諾爾出現在學校時，受矚目的程度跟霍格尼差不多。

如今不再裝嫩的諾爾背著巨劍，走路的時候黑色大衣在身後飄揚，身周還圍繞著若有似無的黑霧，再配上他天生的面癱俊臉，任何人都看得出來這不是可以隨便招惹的幻獸。

「快看啊，那是奈西的黑羊吧?從水都回來後，看起來更強了啊……」

「肯定的，奈西現在是A級召喚師了不是嗎?那隻幻獸肯定也A級了。」

聽見其他人的評論，奈西好奇了起來，這麼一說，他好像還沒問過諾爾目前的級數。「你現在還是B級嗎?」

「我A了。」諾爾的聲音有些悶悶不樂。「變成魔族後，協會的人來記錄，被抓包。」

他還記得深淵當地的召喚協會辦事處人員一測試完他的實力，便氣急敗壞地說：「你這傢伙爲什麼是B級!」事後又很雞婆地透過艾爾狄亞辦事處調閱他的資料，得知他一直以來都故意裝B後，居然開了罰單給他。

「最後，被開罰單，花好一陣子，才繳清。」

「罰單?」奈西的雙眸亮了起來，他第一次知道幻獸界也有罰單制度。「你們的罰單要用什麼繳？」

「深淵用貨幣。」為了一次繳清罰單，諾爾曾經對焰羅的家當動過歪腦筋，不過最後被艾斯提以可能破壞骷髏族的和平為由制止了。

見諾爾一副不開心的樣子，奈西不禁莞爾，諾爾在深淵四處奔波籌錢的樣子肯定很有趣。然而善良的他過沒幾秒便覺得自己這樣想太壞心了，於是連忙開口：「如果以後你再被開罰單，記得跟我說喔！雖然不知道能為你做什麼，但供你吃住這點是沒問題的。」

聽見這番包養小白臉般的宣言，諾爾盯著奈西幾秒，猛然抱住他。

「嗚哇！」奈西嚇了一跳，諾爾的臉頰貼在他的頭髮上，整隻羊散發著開小花的滿足氣息，熟悉的撒嬌模式讓他再度失笑。

「……」

突然感覺到似乎有道強烈的視線落在身上，奈西偏頭一看，只見伊萊無言地望著他們。

「啊，伊萊！你看，諾爾回來了喔！」奈西開心地揮揮手。

「……我看得出來。」

伊萊走了過來，上下打量著諾爾：「你這傢伙好像改變不少。」

「變得更，討人喜歡。」諾爾蹭蹭奈西。

「並沒有。」伊萊秒答。

不過見到諾爾，伊萊總是蹙起的眉頭稍稍一鬆，他長吁一口氣，如釋重負：「你回來也好，有個棘手人物轉來我們班上，我跟奈西都不知道該怎麼面對他。」

諾爾點點頭，他正是爲此回來。

因爲他明白，對方帶來的威脅性將超乎這兩名少年的想像。

「嘎！這不是那個失蹤很久的小嫩草跟龍家的混小子嗎！終於找到了，速速停下！」

一句很有事的發言響起，三人同時轉頭看向聲音來源。只見烏德克的傳信使烏鴉艾倫特正朝這裡飛來。

但在抵達奈西的肩上前，他先被伊萊一把抓住了。

「你說誰是混小子？」伊萊將艾倫特抓到眼前，語氣充滿威脅。

「嘎嘎！放開你的髒手！咱可是勇者大人的夥伴！竟敢對勇者的夥伴出手，你喪盡天良！狼心狗肺！偷染指小嫩草！小心我跟勇者大——」

「啊哈哈哈！艾倫特你找我有什麼事呢？」奈西衝過去將烏鴉搶過來，按住那張鳥嘴，以免艾倫特的大嘴巴在公共場合講出什麼不可告人的祕密。

「嗚嗚嗚！嗚嗚嗚嗚！」

奈西低頭尷尬地在艾倫特耳邊小聲說：「不要在這裡提到烏德克老師好嗎？」

語畢，他放開艾倫特，這隻聒噪的烏鴉不爽地拍了拍翅膀：「眞是的！沒一個好東西！虧我還以爲你是好孩子，結果跟深淵大壞蛋一樣殘忍！」

「……深淵大壞蛋？」

「就你旁邊這隻啊，他這一年來在深淵犯下諸多惡行，我都不忍說了。」

「什麼？」奈西驚愕地轉頭看向諾爾。「你做了什麼嗎？」

「我很乖。」諾爾無辜地回答。

「你這傢伙怎麼有臉說出這樣的話！」

諾爾垂下頭，裝出有點落寞的樣子。見狀，奈西苦笑著好聲好氣對艾倫特表示：「好了啦，諾爾應該也不是故意的，他溫柔又會保護身旁的人，只是大部分的人不太了解他而已。」

當他說完後，烏鴉跟伊萊都露出了眼神死的表情。

「我不想解釋了，你這個沒天良的東西！回去就不要被我遇到！給你，勇者大人的信息！」艾倫特氣急敗壞地從亞空間抓出一張便條塞給奈西，隨即拍拍翅膀飛快離去。

便條上只有一行字。

中午到我的辦公室來。

雖然被叫去辦公室不是第一次，但奈西感覺得出來烏德克似乎有什麼重要的事要說，同時他也對幾件事感到困惑。一是課表上依舊沒有烏德克的名字，二是烏德克居然把找他過去這件事寫在紙條上，平時都是直接讓艾倫特以口頭告知的。

「嘿——烏鴉跟魔族幻獸？」一聲帶著戲謔的招呼從不遠處傳來，眾人轉頭看去，是剛抵達學校不久的王子殿下。他像是看到什麼好戲似的，目光緊盯著諾爾跟奈西不放。

「我都不知道你有當勇者的興趣，奈西。」修迪走過來，丟下一句意味深長的話，如同審視商品一般上下打量著諾爾。「這麼久不見，你果然也換了幻獸，過去那隻毛蟲呢？你該不會把她扔了吧？」

「伊娃一直在我身邊。」聽見這傷人的問題，奈西的聲音低了幾分，臉上也不再掛著笑意。

「我可沒看到她的存在啊。」

聞言，奈西有些激動地攤開自己的魔導書，準備召喚出伊娃，諾爾卻伸手制止。

「你是爲了給別人看，自己的幻獸，才召喚的嗎？」

奈西一愣，接著很快理解了這番話的意思，於是闔上書本，目光也柔和起來。

「不，我已經不是會向人炫耀幻獸的年紀了。現在的我，只爲與你們相遇而召喚。」他的語氣溫柔而堅定，沒有一絲遲疑。

「隨你怎麼說吧，修迪。我跟我的幻獸不會因此受影響的，我們之間的牽絆只有我們才懂。」面對這個讓他一度患上高等幻獸恐懼症的兒時玩伴，奈西已經不再害怕與不安，爲了守住與幻獸們的羈絆，什麼困難他都會勇敢去克服。

奈西的改變似乎讓修迪很不滿，只見王子殿下的嘴角瞬間就要垂下來，不過很快又上揚回去，繼續維持虛假的笑容。

「你眞的變了啊。」他說了句其他人最想對他吐槽的話。「雖然還是一樣沉溺在與幻獸的家家酒關係中呢，眞是可笑。」

說完，修迪頭也不回地轉身離去。奈西鬆了口氣，他望著正在打呵欠的諾爾，忍不住露出微笑。

「謝謝你，諾爾。」

如果他的人生中有個能夠稱作良師益友的對象，那麼，那個人肯定是諾爾。

「老師到底找我有什麼事呢……」

好不容易等到了午休，在前往烏德克辦公室的路上，奈西的內心始終帶著疑惑，他莫名直覺可能是有什麼要緊的事。

他很快抵達了辦公室，而諾爾並沒有跟在身旁。先前上課上到一半時，諾爾忽然說要回幻獸界看看某個東西好了沒有，奈西還來不及詢問詳情，諾爾就自行展開召喚陣回去了。

奈西敲了敲門，得到裡面的人虛弱的回應後，便開門走了進去。看到辦公室內的景象，他愣了幾秒才回過神，趕緊衝上前。

「烏、烏德克！沒事吧？」跨過一堆散落在地的書本，奈西跑到被書堆與書櫃壓住的烏德克身邊。

平日艾斯提總是整理得一塵不染、井然有序的辦公室裡此刻凌亂無比，書櫃上的書幾乎都被拿了下來疊成一座座小山，除此之外還有好幾個木箱散置於各處，裡面大多塞滿了東西。烏德克被一個書櫃壓在底下，大量書本將他埋了起來，只能聽到微弱的哀鳴。

「你等一下，我立刻救你出來！」奈西試著移開一些書，但毫無幫助，因爲最關鍵的書櫃依舊壓在烏德克上方，正當他想召喚諾爾或是霍格尼出來時，一個召喚陣自行在書櫃旁展開了。

艾斯提從裡面躍出，一看到眼前的慘劇便大喊一聲「我的天啊」，連忙將書櫃抬起靠回牆上，然後抓住烏德克從書堆中冒出來的手，把人拉出來。

「這也太慘了吧？我不是跟你說過要打包讓我來嗎？你一打包就出事！」艾斯提嘆了口氣，抽出手帕擦了擦烏德克沾滿灰塵的臉，奈西則幫忙拍去烏德克身上的灰塵。

「這麼簡單的事……我也做得到……」處於暈眩狀態的烏德克靠在艾斯提身上，隨即被拖到沙發上躺好。

「不，就因爲這麼簡單的事你也會衰小，我才叫你不要動。」艾斯提的聲音充滿無奈。

「到底發生了什麼事？怎麼書櫃會整個倒下來？」奈西擔憂地問。

「我想拿某本書……結果它卡得太緊，所以當我用力抽出來的時候……整個書櫃就朝我倒過來了。」

奈西沉默了一下，低聲開口：「還是讓我來幫忙吧，老師收拾書桌就好。」說著，他望了望這片明顯是在準備搬家的景象，一顆心沉重起來。

「你要離開這裡？」

「……嗯。」

見奈西的臉色垮下來，露出難過不已的表情，烏德克趕緊從沙發上爬起身。

「這是命令，我不得不服從。奈西，希望你能理解。」他將奈西拉到自己身旁坐下，看著他沉重的神情，奈西立刻明白這就是今天被烏德克找來辦公室的原因。

「誰命令你？你被炒魷魚了嗎？」像烏德克這麼認眞又細心的教師，怎麼會有人要求他離開？奈西不敢相信。

烏德克嘆了口氣。

「是貝卡王族要我辭去教職的，他們徵召我進宮廷。」

「……你要成爲宮廷召喚師？」

見烏德克點點頭，奈西頓時陷入不安。在他去水都實習前，烏德克曾經提過自己對這個國家的看法，當時奈西並沒有特別放在心上，然而歷經水都的騷動後，他也開始不信任這個國家了。

貝卡向他們灌輸謊言，告訴人民水都原本就是貝卡的，但後來伊萊的母親艾莉亞證實，水都以前是賽比西林的領土。至於巫女爲何會癱瘓，至今仍是個謎，艾莉亞堅持不肯透露。

奈西的忐忑表現在舉動上，不知不覺中，他抓緊了烏德克的衣角。

「沒事的，奈西。」烏德克溫柔地摸摸他的頭安撫。「這是遲早的事。事實上，我直到現在才受到徵召已經很幸運了，席爾尼斯家的繼承者通常畢業後就會直接被徵召入宮。」

「勇者家歷代都是宮廷召喚師？」奈西愣了，這是他第一次知道這回事，印象中連芬里爾家都沒有這般特殊待遇。

「是的，因爲我們家從過去到現在都是很重要的戰力，基本上是唯一一個能夠制衡芬里爾家的家族，所以相當受王族重視。」

想到烏德克將要踏進宮廷的大門，奈西就莫名焦慮。他沒有鬆開烏德克的衣角，擔憂地問：「沒辦法拒絕嗎？」

「王命不可拒。」烏德克苦笑。「不要緊的，成爲宮廷召喚師可是大部分召喚師的夢想，這份工作不會差到哪裡去。」

「……那，我們還能再見面嗎？」

對於這個問題，烏德克沉默了一會兒。最後，他再度摸摸奈西的頭，低聲回應：「我們可以透過艾倫特聯絡。」

奈西緊緊抱住他。

他明白烏德克的難處，所以他不想無理取鬧，但以後可能再也見不到這位一直以來如家人般陪在身邊的老師了。他忍住落淚的衝動，低聲說了句：「我會很想念你的。」

烏德克也回抱住奈西，感受著少年的溫暖。「我也是。即使在我看不到的地方，你也要幸福快樂地活著，這是我最大的期望，奈西。」

說完沒多久，他又再度開口：「不過在離開之前，我還有一個願望，你能答應我嗎？」

奈西埋在他懷中用力點點頭。烏德克把他拉開，按住他的雙肩，十分認眞地要求：「那就好。現在聽我的話，把衣服脫了。」

「……什麼？」

「那個，老師？我剛剛好像沒聽清楚，可以再說一次嗎？」

彷彿聽見對方用完全不同的語言說了什麼似的，奈西的表情相當呆滯，對烏德克的稱呼更從直呼名字退化成老師。

這個稱呼也讓烏德克難爲情起來，只見他一手摀著臉，雙頰微微泛紅，即便如此，他還是硬著頭皮再重複一次：「聽我的話，乖，把衣服脫了。」

「哈哈哈哈哈！」

艾斯提始終待在一旁當個不發光燈泡、默默收拾著行李，這時終於忍不住大笑出聲，他將手上的書隨意一丟，捧腹笑彎了腰。

「你、你也太直白了吧？小心被當成變態。」

聞言，烏德克有些惱怒地回應：「不然你說該怎麼講？」

「不要緊張，奈西，我們只是要你脫光進行一下全身健康檢查而已。」

「你這樣講更變態！」

「看你是要我們幫你脫，還是自己脫都可以，別擔心，門我已經鎖好了。」

「夠了，艾斯提，不要再說了……」

烏德克扶著額，感到非常頭痛。當他再度把目光放回奈西身上時，奈西早已溜到沙發另一端。

「我、我真的不行，我沒辦法在人類面前裸體。」奈西靠著沙發扶手，一臉驚恐地說出非常奇妙的話。

「不要緊，這裡有一個不是人的傢伙。」

「也是……不、不對！還是很奇怪！而且到底是怎麼回事？爲什麼突然提出這個要求？」奈西已經窘迫到整張臉都紅了。

「沒事的，奈西。」烏德克挪過去，拉住他的手，試圖安撫這隻彷彿被鞭炮聲嚇到的小動物。「我只是想在你身上確認一件事，這件事很重要，我非親眼確定不可，而且也攸關你的未來。所以相信我，好嗎？不會有事的，只是要你把衣服脫下來，讓我看一下而已。」

奈西嚇得不輕，不過仍努力讓自己接受烏德克的理由。他向來很聽這位長輩的話，信任的程度幾乎跟諾爾差不多，所以儘管不知道烏德克究竟想確認什麼，最後他還是困難地點點頭，乖巧地解開自己的召喚師袍。

「真是天生的好孩子啊……這樣就聽話了。」不知是想表達欣慰還是感嘆，艾斯提唯恐天下不亂地發表意見。「要是我的話，早就把對方當成變態痛扁一頓了。」

「放心，你的裸體沒人想看，不如說我已經看到想吐了，你們根本幾乎沒在穿衣服。」

嗆完自家使魔，烏德克想一想又覺得艾斯提說的有道理，於是擔憂起來。

「奈西，如果有其他人要求你脫衣服，可不要人家說幾句就傻傻真的脫了喔？這樣我會擔心。」

奈西的聲音充滿羞窘與無奈：「我已經成年了，能自己判斷的。」

烏德克愣了愣，頓時有些尷尬。雖然他依然把奈西當成孩子看待，但奈西確實已經是個成年人了。

在這般微妙的氛圍中，奈西以僵硬的動作解開一顆顆鈕扣，隨著襯衫逐漸敞開，可以看見平日隱藏在衣服下那白皙無瑕的肌膚。

「那、那個……可以轉過去嗎？這樣盯著我脫不下去。」

烏德克專注的目光讓奈西感到非常不自在，在他發出抗議後，烏德克才如夢初醒般匆匆別過頭。

尷尬的氣氛持續蔓延，奈西終於把制服襯衫脫下，露出纖瘦的身軀，想到自己的身材，奈西不禁略感悲哀。縱使這一年來在水都歷經不少考驗，他的體格跟以前相比有稍微結實一點，然而視覺上看來仍是偏向瘦弱，跟人高馬大的霍格尼站在一起，他都要自慚形穢了。

因此，他艱難地開口：「可以只脫上衣就好嗎？還是一定要全脫？」

「看情況。」烏德克說完，立刻轉回頭，一看到上身赤裸的奈西，他眉頭一皺，不自覺地先把正事拋到了一邊。「你怎麼這麼瘦？該不會在水都沒有好好吃飯吧？」

「我、我有啦……」被正面批評太瘦，奈西連想鑽地洞的心都有了。他向來按時用三餐，也常常會來些點心，問題就是吃不胖啊！

「還是太瘦了，像你這種年紀的孩子應該再胖一點才正常。」烏德克一臉凝重。「該不會跟那個芬里爾家的孩子住在一起，你的養分都被他吸走了——」

「快、快開始正事啦！烏德克不是有想確認的事嗎？應該不是爲了確認我的身材才要我脫的吧？」奈西欲哭無淚。此話一出，烏德克愣了下，掩飾似的咳了幾聲，趕緊揮手要艾斯提過來。「快來幫忙吧，一定要找到。奈西，現在請你站起來，我們必須仔細檢查。」

一頭霧水的奈西站起身，烏德克的目光相當直接地在他身上游移，他忍不住想拿什麼遮住自己，但被艾斯提阻止了。

「不要緊張，很快就會結束了。」艾斯提語帶笑意抓住他的雙手。「那東西到底多大啊，烏德克？」

「約莫兩個手掌長，肯定能找到。如果上半身沒有，應該就在下半身——」說到一半的話戛然而止，烏德克的目光定在奈西背上。見狀，艾斯提的目光也跟著落到他的視線停滯之處。

「……」

「怎、怎麼了？你們到底在找什麼東西？不會是背後靈吧？」奈西擔憂不已，他很想跟著確認，偏偏烏德克他們的目光就是鎖定在他看不見的背後。

「……是比背後靈更可怕的東西。」

「欸？那到、到底是——」

烏德克用眼神示意自家使魔，艾斯提二話不說從旁邊拿來一面鏡子，調了下角度映出奈西背後的情況，終於讓奈西也看清楚自己的背上究竟有什麼東西。

「那、那是什麼啊？」奈西驚叫出聲。

——在那光滑潔白的背上，有一道金色契文。

就好像幻獸一般，金色契文牢牢烙印在奈西背上，等待著他的召喚。

「這是怎麼回事？難道我是幻獸嗎？而且為什麼會是金色？金色不是……」奈西的最後一句話消失在驚恐之中，身為召喚師，沒有人不知道金色契文所代表的含義。

那是所有召喚師夢寐以求的存在。

一般沒有階級地位的幻獸契文為紅色，像霍格尼跟諾爾即是如此；支系種族的王則是藍色，譬如妖精蝶后伊娃跟骷髏王；而金色契文則代表著統治整個種族的王。

龍王、妖精女王與羊王都是金色階級，要隨機召喚出他們，除了本身得擁有S級的實力外，運氣也必須是S級，召喚出金色契文的王機率微乎其微。

不過可以直接召喚出來的也只是部分，由於許多王者幻獸能力過於強大，因此往往被召喚協會列為特殊召喚。目前不列為特殊召喚且為金色契文者，最有名的便是龍王。協會認為召喚出龍王只是第一步，真正困難的地方在後頭，所以才不列入特殊召喚。

大部分的金色契文幻獸召喚方法幾乎成謎，人們只能從幻獸或是實際召喚過的召喚師口中得知召喚方式。

擁有金色契文的召喚師甚至比S級召喚師要來得稀有，同時這個等級的契文也將能左右召喚師的命運，例如芬里爾家族的情況。

「你聽好，奈西。」烏德克按住奈西的雙肩，神情異常嚴肅。「千萬別讓任何人看見你背上的契文，尤其是芬里爾家與貝卡家。」

「爲什麼？這個契文到底是怎麼回事？烏德克，告訴我，我身上到底發生了什麼事？你知道的吧？」

烏德克強迫自己不去對上奈西迫切想得知眞相的目光。

「對不起，我不能告訴你。這是爲了你著想，相信我。奈西，知曉眞相的代價往往比你想像中要沉重許多。」

「所以你寧可一個人獨自背負所有眞實，也不願告訴我嗎？」

望著烏德克錯愕的模樣，儘管想當個懂事的孩子，奈西仍是忍不住衝動地說：「你知道這個國家有問題，也知道水都的眞相，可你什麼都不說，現在就連要踏入那個明顯有問題的宮廷，你也要我別擔心，可是我怎麼可能不擔心！不要去那裡，我不要你變成跟水龍的巫女一樣……」說到最後，奈西緊緊擁住烏德克，聲音也哽咽起來。「如果擔心我背上的契文，就留下來……我需要你……」

聽了這番眞情流露的自白，烏德克僵在原地沉默不語。

「……對不起。」

最後，他伸手摸摸奈西的頭，拒絕了這個請求。

「我必須去，唯有如此，我的願望才會實現。」他的語氣充滿了堅定。

明白烏德克心意已決，奈西也只能選擇尊重。水龍的巫女雖然不願說出自己癱瘓的原因，但他跟伊萊都心裡有數。既然貝卡能犧牲巫女一人的自由換取水都的和平，那麼，這個國家裡也肯定有人默默肩負起維持整個烏托邦的責任，奈西衷心希望那個人不會是烏德克。

「我答應你，每週一定會寫信給你的。」爲了讓他安心，烏德克承諾。

奈西用力點點頭。

「一定要喔，說謊的人會被霍格尼吃掉！」

烏德克愣了一下，接著忍不住低笑出聲。

「嗯，約定好了。說謊的人會被無頭爵士吞掉。」烏德克主動加碼，聞言，奈西也笑了出來，頓時放心不少。

就好像要破壞這美好的氣氛似的，這時召喚陣又自動出現了，諾爾從裡面蹦出來，隨即微微睜大了雙眼。

他無語地看著赤裸著上身的奈西，和與奈西抱在一起的烏德克，一時不知該如何反應。

「……那、那個，諾爾，這是有原因的……」

「我知道。」諾爾點點頭，相當乾脆地轉身走向門口，臨走前還扔下一句話。

「現在，去告訴校長。學校有，變態教師。」

所幸在諾爾打開門前，艾斯提飛快地衝上前阻止他，還在門邊嚷嚷著：「不要這樣我主人還要做人」、「他已經是我最有前途的主子了不要毀了他」、「就算他真的是變態我也不准你告狀」之類的話，奈西跟烏德克也過來勸阻，諾爾只好作罷。

所有人解釋了來龍去脈，還讓諾爾看了奈西背上的契文，不過聽聞這件事，諾爾的臉上仍是一號表情，似乎並不感到驚訝。

「你覺得那個契文到底是怎麼回事？」離開烏德克的辦公室後，奈西有些忐忑地徵詢意見。

「……不知。」語畢，諾爾思索了一下，好奇地開口：「芬里爾家、貝卡家勢力很大？」

臨走前，烏德克又千叮嚀萬囑咐地交代奈西別讓這兩個家族的人看到契文，這讓諾爾開始想多了解一些這兩個家族的事，畢竟奈西的敵人就是他的敵人。

「你不知道嗎？」奈西驚訝地看向他。「我以爲你知道貝卡家的事。」

「我該知道？」諾爾納悶了，人間界的勢力關係向來不是他們幻獸關心的事。

「因爲貝卡家……他們家族，不僅僅是統治王國的家族而已。」說到這裡，奈西的語氣沉重起來。「千年前，人類與幻獸爲了爭奪彼此的領土而戰爭不斷，我們人類不像你們一樣擁有強健的體魄與駭人的破壞力，所以原本一直居於下風。」

諾爾點點頭。儘管人類再強，在那些擁有S級實力的幻獸面前，依舊有如螻蟻，往往一隻S級幻獸就具備摧毀一支軍隊的能力，人類想贏過幻獸根本是天方夜譚。

「儘管如此，人類還是獲勝了，這其中的關鍵你知道吧？」

「契文。」

「對，就是契文……有個魔法師創造了契文魔法，因此扭轉了戰局。雖然我們與你們的身體強度相差懸殊，但論精神力是平起平坐的。一旦將契文烙印到幻獸身上，幻獸與人類之間的對決便從肉體轉移到了精神上，而人們通常在絕境之中會展現出強大的意志，於是戰況開始改變。那個創造契文讓人類走向勝利的功臣，就是貝卡家的祖先。」奈西微微苦笑。

「那名魔法師既是史上第一位召喚師，同時也是一座莊園的領主，在他創造契文之後，服侍著魔法師的騎士挺身而出，對那些強大的幻獸展開反擊，最後奇蹟似的控制了龍王，徹底扭轉了戰局。那名騎士便是芬里爾家的始祖。」

諾爾點了點頭，奈西接著述說：「而在那個戰亂不斷的時代裡，有一位出身自邊疆村落的平民也來到貝卡召喚師身邊，請求他賜予契文的魔法。那位平民的家鄉長年受到魔族侵擾，許多村人都死於魔族手中，因此他對魔族深惡痛絕。得到力量的他利用契文征服一隻隻魔族幻獸，最終將契文烙印在魔王身上，可魔王臨死前也詛咒他們家絕子絕孫。這便是老師家的始祖。」

說到這裡，奈西停頓了一下。

「……人們收服強大的幻獸，再依靠幻獸的力量去打倒其他幻獸，最後終於獲得了勝利。而改變人類命運的貝卡召喚師在那之後帶著宣誓效忠於他、掌握著兩隻強大幻獸的致勝功臣——騎士芬里爾與被稱爲勇者的席爾尼斯，一同建立起國家，並成立了召喚協會，身兼會長。他既是一國之君，也是掌握著整個召喚系統的主宰者。」

他望著諾爾，臉上的神情十分嚴肅。

「直到今天，依然如此。」

諾爾忽然能理解那位王子為何如此囂張了，因為修迪未來將不只是站上權力的頂點，甚至可以主宰整個召喚系統。

「召喚系統就如同一個法律體系，其核心由最基本的召喚理論所架構，但同時也是個細枝末節極多的體制，只要不違反基本召喚理論，很多小地方都可以更改。」

見諾爾歪了歪頭，似乎不太明白的樣子，奈西換了個比較好懂的說法：「召喚法術就像一棵樹，只要以不動到樹幹為前提，修剪一些枝葉是無妨的。」

諾爾立刻點頭表示理解。像他裝B這麼久，也頂多只是被念一念開個罰單，因為他的行為並不會造成召喚體系崩壞，而那些喜歡報名組隊召喚的幻獸亦是如此。

「只是這棵樹一開始就生長在不利於幻獸的地方……大戰結束後，我們與幻獸簽立了召喚條約，就此定下召喚法術的基礎，幻獸們為了保護故鄉，不惜犧牲自己的自由，被迫成為我們的奴僕。」

奈西露出有些歉疚的表情。「當時擁有強大力量的幻獸全被我們人類控制著，所以這份條約是在極為不公平的情況下簽訂的，許多地方都對你們不利。」

諾爾摸摸他的頭，要他別在意。

奈西露出釋然的笑，繼續說下去：「可是局勢已有所改變了，現在的召喚協會是由十名核心成員所組成，人間界與幻獸界代表各占半數。雖然大戰剛結束時，雙方是敵人，不過如今已經是一起生活的朋友，我相信人類與幻獸互相理解的那天一定會來臨。」

奈西拉住諾爾的衣袖，語氣充滿了期盼，這份心情也感染了諾爾，使他跟著點點頭。

毫無疑問的，諾爾並不喜歡召喚體制，這個體制讓幻獸們成為超時勞工，也受了很多苦。但諾爾也明白，這世上還有不少幻獸藉由召喚獲得了許多寶貴的東西，例如艾斯提藉著召喚遇見既是朋友也是主人，與他互動愉快的召喚師，哈卡也從不覺得被召喚有什麼不好，伊娃更是如此。

而他，更因為召喚走出了悲傷，重新找到活下去的意義。

召喚帶來無數痛苦，卻也讓幻獸與人類之間的聯繫更加緊密。有時候諾爾會懷疑，這個世界真的還需要召喚嗎？

他們與人類的關係早已不如以前那般險惡，就算失去了召喚，肯定也不會再拚個你死我活。人類習慣了有幻獸在身邊的生活，幻獸們也習慣了經常見到人類的日子，諾爾相信大部分的人類與幻獸都不會想去破壞這份和平。

若時間能沖淡仇恨，讓不同的生命慢慢互相理解，那他相信，總有一天這世界將不再需要召喚的存在。

「這個，給你。」諾爾從懷中掏出一樣東西，奈西還沒看清楚，諾爾便伸手繞過他的頸子，把東西戴了上去。

奈西愣了一下，這才看清諾爾給他戴了什麼，那是一條掛著墜飾的項鍊。從正面看是個簡約的普通墜飾，然而當他翻到背面時，發現有一排幾乎看不清字的紅色契文。

「有這個，就不怕，書被搶。」諾爾解釋。「藏在衣服下，墜飾貼胸口，隨時都能召喚我。」

「確實呢，這樣就算書被搶了，也能在第一時間召喚你。」奈西手握刻著契文的項鍊墜飾，不禁對諾爾感到佩服。雖然諾爾總是一副心不在焉的樣子，某些時候卻頗為深謀遠慮。

像諾爾這種不被列為特殊召喚的幻獸，召喚方法十分簡單，甚至連呼喚名字這個步驟也可以省略，最基本的方式即是用身體去接觸契文，而後召喚。所以許多召喚師會將契文刻在戒指內側，亦或是像這樣做成項鍊。

「但你不是已經是我的使魔了嗎？為什麼——」奈西說到一半，突然領悟了諾爾的用意。他怔怔地看了諾爾一會兒，緩緩問道：「可以嗎？」

諾爾點點頭，態度堅決。

「我已經，沒問題了。所以使魔位置，還給伊娃。」

「你不擔心艾琳娜又召喚你嗎？雖然她已經沒有了你的契文，今後還是有可能再拿到，而且你已經踏入A級的領域，能達到A級的召喚師都是意志堅強的人，你……不怕再被控制嗎？」

想到當時的慘劇，奈西便感到惶恐不安。那是他這輩子再也不想經歷的噩夢。

可是，身爲受害者的諾爾再度點點頭。

「我不會再輸。」

諾爾以肯定的語氣回應，黑霧隨之悄悄在其身周蔓延開來。奈西明白，此刻的諾爾早已是隻不輸給霍格尼的強悍幻獸。

「使魔的位置，必須是伊娃。伊娃能做，我做不到的事。同樣的，我能做的，伊娃做不到。」

當諾爾在深淵修行時，伊娃一直在世界各地尋找奈西失去的幻獸。使魔是召喚師的助手，必須具備細膩的心思，得隨時協助主人並管理魔導書。諾爾向來懶得理會其他人對自己的觀感，無法與所有人建立起良好關係，而且說穿了他只是隻想被飼養的羊，助手什麼的實在不合他的胃口。

所以他能做的，就是成爲奈西的主力幻獸，站在最前線擋下敵人。

聽完解釋，奈西也不再勸阻，而是露出笑容，溫柔地看著諾爾。

「謝謝你，伊娃一定會很高興的。」

第四章

如同奈西所說，擁有金色契文的召喚師確實比S級召喚師來得稀有，強大種族的王可以為召喚師帶來權力與名聲，亦可以改變整個家族的命運。如今在這個召喚盛行的世界，幻獸與人類的關係早已因情況而異。

「以為自己得到了權力，殊不知是權力得到了你們……不。」裝潢豪華的寬闊室內響起一陣充滿惡意的女性笑聲。「是『我』得到了你們啊，那傢伙有料想到嗎？當年收服了我，卻因此把所有後代子孫都獻給我了。握著項圈的牽繩，就自以為掌控了幻獸，卻不知已經有多少人只為了握住這條牽繩而犧牲。」

「……我知道。」一個帶著無奈與滄桑的聲音回應了女人的話。「人為財死，召喚師為幻獸亡，我族代代皆是您的奴僕。我主啊，事已至此，您仍有什麼不滿的嗎？為何突然拿這點嘲笑我們？」

「因為我的龍務官已經預見到你們族中某個家庭的未來。」

「想必是我那擁有天眼龍王的兄弟吧……」充滿悲傷的嘆息迴盪在室內。「罷了，不是我能插手的事。」

「真是沒用呢，身為一個權威望族的族長，卻什麼也做不到。」

「住口！不准妳侮辱族長！」一個激動的聲音闖入對話，吸引了他們的注意力。

午後的陽光推開厚厚的雲層，對屋內投以炙熱的目光，也照亮了方才談話的兩名當事者的身影。

一名眸中帶著濃濃憂鬱之色，猶如風中殘燭的白髮老人佇立在窗邊，他披著厚重而華麗的召喚師袍，又是深深地一嘆。

他的身旁站著一名年輕女子。

她有著鮮豔的紅唇，白皙如雪的肌膚，一頭短髮烏黑亮麗，造型俐落清爽。她身穿白色襯衫搭配黑色背心，長褲也是黑色，腳下踩著馬靴，整體打扮偏向中性，是個既美麗又帥氣的女性。

「新來的？」女子雙手環抱在胸前，輕蔑地笑了笑，與生俱來的氣勢讓她在這間站滿S級召喚師的房間裡也毫不失色。

她掃視了在場的龍族召喚師一圈，所有人垂著頭，完全不敢吭一聲，都裝作與方才插話的召喚師不認識的樣子。

「尊貴的龍王莉芙希斯陛下，這個孩子確實是新加入的，他是第一次拜見您的尊容，請您大人有大量。」白髮老人朝她單膝下跪，略爲無奈地請求。

「可以啊。」出乎意料的，龍王乾脆地同意。她揚起爽朗無比的微笑再度開口：「我覺得腳有點痠，新來的，你知道該怎麼做吧？」

方才一時衝動罵了她的年輕召喚師嘖了一聲，帶著憤憤不平的眼神準備走到角落拉把椅子，卻被他的親戚拽了回去，並推到莉芙希斯眼前。

見年輕人滿臉納悶，龍王抬高下巴，聲音也提高了幾分：「規矩難道還要我教嗎？不會吧？你們就這麼想讓世人知道你們根本控制不了我的事實？」

「跪下。」

「族長？」

「沒聽到我說的話嗎？跪下。」

白髮老人語帶惱怒地命令，這名剛考取S級資格、躋身龍王召喚師候選人之列的召喚師露出屈辱的表情，緩緩在龍王面前跪下。彷彿嫌這樣還不夠似的，老人再度下令：「手撐在地板上。」

此時，年輕的召喚師終於明白了「椅子」的眞正意思，他不敢置信地高聲叫道：「族長，這也太——」

他的話音猛然中斷，只因有道駭人的目光落在他身上。他望向女子的雙眸，那對血紅的眼瞳直盯著他，讓他不由自主顫抖起來。

即使已經是S級召喚師，在龍王的注視下，他依舊瞬間明白了自己的地位。龍王猶如一隻盯上老鼠的貓，眼神裡不含一絲慈悲，完全不把他當人看待。對擁有千年壽命的龍王而言，眼前的召喚師不過是隻有勇無謀的鼠輩罷了。

只消輕輕一揮爪子，這裡的老鼠……不，這整個國家的老鼠，都會落入她的手中。

龍王一派輕鬆地坐到年輕召喚師的背上，翹著腿環顧在場所有召喚師。

「我還以爲交易告吹了呢。你們的祖先爲了讓大眾相信龍王召喚師能控制龍王，私下和我達成交易，讓自己成爲我的奴僕，自此之後每一任龍王召喚師皆是如此，擁有候選人資格的你們也一樣。別讓我不開心，想要我選擇你們，就展現出你們的誠意。」

現場依舊沒有人敢出聲，爲了守住家族的榮譽，亦或是爲了得到龍王的青睞，沒有人會去忤逆龍王。

就在這時，房間的大門被打開了，天眼龍王召喚師以昂然挺立的身姿走了進來。面對這個侍奉女王般的場景，他早已習慣，無視一切帶著肅穆的神情朝龍王傾身行禮。

「召喚會議即將開始，請龍王大人跟我來。」

「我方的幻獸成員也都會出席嗎？」莉芙希斯站了起來，從亞空間取出一支精雕細琢的手杖，不怒而威的自信與氣勢從她身上散發而出。

「是的。」伊萊的爺爺猶豫了一下，又說：「國王陛下已徵召席爾尼斯家的召喚師回宮。」

「啊——又來了是嗎？眞討厭，那個老傢伙今天肯定會拿魔王的事來壓我，魔王那傢伙眞是扯後腿啊。」

「我族與席爾尼斯一族一直以來都是互相制衡的存在，如今國王陛下有心讓魔王現世，顯然是想壓制我族。近日以來龍族失控的事件頻傳，災厄之龍又落入他人手中，想必惹得陛下不快。」

「我也聽說了喔，我那走入魔道的子民被一個很像來自席爾尼斯家的孩子收服了。」

「無稽之談。」伊萊的爺爺的聲音冰冷了幾分。「所有人都知道十八年前發生的意外。」

「世事無絕對，納尤安。」龍王隨意轉了圈手杖，享受著周遭的目光。

年輕的黑髮女子走在最前面，左後方是龍王召喚師，右後方是國王的副手，身後跟著一群龍族召喚師，見到這樣的畫面，無論是誰都會停下來投以注目禮，唯一令龍王遺憾的是，這種景象目前只能在芬里爾本家宅邸出現，若身處宮廷還是得低調點。

她向來很享受召喚師們的追隨，在她眼裡，這些人與飛蛾撲火無異，窮盡一生追尋著她所帶來的力量與權勢，有的人即使失去一切也要成爲她的召喚師，幾百年來，她看過太多太多血淋淋的案例。

契文的存在早已形同虛設，如今每個芬里爾家的召喚師從出生起就被她套上無形的項圈，終其一生被她牢牢牽在手裡。

「我啊，不覺得召喚全是壞事喔。」她話鋒一轉，忽然談起對召喚的看法。「這世上肯定也有幻獸跟我一樣享受召喚。」

每當看見這群龍族召喚師的自尊被她狠狠踩在腳底，對她充滿憎恨又忍不住渴求的扭曲模樣，她的心中就莫名愉悅。

但是這樣還不夠，她在召喚上獲得了主導權，她的同胞卻沒有。霍格尼的事無疑在提醒她，這世上還有許多被召喚體制束縛的幻獸。

她在八百年前強迫人間界的召喚協會會長提出十名核心成員，並讓他們幻獸占上半數，即使如此，幻獸方依然處於劣勢。她身為唯一一名完全不受意志控制的幻獸，十分明白自己的重要性。

「然而召喚的體制仍未真正達到平等，只要我們之間還有階級區分，這場戰爭就不會有結束的一天。」

對人類而言，與幻獸的戰爭早已結束，不過對淪為敗者的幻獸來說，他們所面對的是一場長期抗戰。

「無論您的決意為何，吾等都將追隨您。」龍王召喚師以只有在場自家人能聽見的音量低聲說。

經過千年的時光，芬里爾家早已看清局勢，改變了效忠的對象。他們擁有力量與權勢，但他們很明白，真正給予他們這些的不是這個國家，而是龍王。

「很好。」莉芙希斯嘴角上揚，滿意地笑了。

以召喚協會幻獸方領導者之名，在召喚協約達成平等的那一日到來之前，她至死都會奮鬥下去。

時間悄悄流逝，縱使重視的長輩離開、昔日有過節的友人回歸，日子總要繼續過下去。人生往往有許多變數，即使再不習慣也得學著去適應。

對奈西而言，不管現實再怎麼充滿挑戰，能跟他珍惜的人在一起便是最幸福的事。

「……」諾爾臭著一張臉，瞪視著對面那名長著紅色肉翅、人高馬大的幻獸，而對方囂張地坐在椅子上翹著二郎腿，完全無視他的不滿。

「爲什麼？」諾爾語氣不善地開口。

奈西尷尬地看了看他，再看看一派輕鬆的霍格尼，最後可憐兮兮地向諾爾解釋：「沒、沒辦法嘛，諾爾。我魔力沒這麼多，你將就一下，因爲霍格尼除了我以外，其他召喚師的話都不聽啊……」

「那也用不著，淪落到，給伊萊召喚。」

「『淪落』到給我召喚還眞是不好意思啊，委屈你了！」一邊的伊萊暴怒，一拍桌子站了起來。

「啊——啊——被芬里爾家召喚的滋味如何啊？小心，芬里爾家個個都是瘋子，不是虐待狂就是被虐狂，小心被傳染啊。」霍格尼還涼涼地煽風點火，此話一出，諾爾與伊萊差點要掀桌找他算帳，幸好被奈西擋了下來。

「好了啦你們。」他像個馴獸師般擋在三人之間，展開雙臂要他們別激動。看著這個劍拔弩張的場面，他無奈地說：「A級以上的不要這樣，會嚇到其他幻獸的。」

聞言，諾爾才注意到，不知何時奈西家的地精戰隊已經默默各自抱著一盆花草躲在後面，也有的是躲在看戲的蘋果樹人小蘋果身上。

或許是習慣了當布景，小蘋果沒事似的蹲在旁邊看熱鬧，完全不顯得緊張。他望著霍格尼，語氣充滿了好奇：「我說，你怎麼去了趟水都就把一隻龍帶回來了？雖然我是不介意啦，畢竟龍不吃樹，但他們會吃羊啊。」

「呃，現在應該沒人敢吃諾爾了……」奈西有些無語，憑諾爾現在這副樣子，他很懷疑會有什麼肉食性動物敢吃他。

「魔族我吃過，難吃死了，呸！那邊的芬里爾小子都還可口一點。」

見氣氛又要火爆起來，奈西當機立斷攤開魔導書，召喚出尚未到場的其他幻獸，其實他正準備要開一場茶會。幸運的是，出場的幻獸剛好都是令一羊一龍感到頭痛的角色。

「哇啊啊！我來啦！來吧，這次又是什麼任務——咦？霍格尼？啊！這不是諾爾嗎！」蹦出召喚陣的菲特納先是驚訝地望向霍格尼，當他的目光捕捉到諾爾後，馬上欣喜若狂地狂奔過去。

「居然被召喚了呢。」一聲嘆息從第二個召喚陣底下傳來，頭頂羊角的金髮美女拍著金色的翅膀，優雅地從召喚陣飛出。而她看見諾爾時，也興奮地叫了出來：「諾爾！」

「嗚嗚嗚你幹什麼去了，怎麼這麼久沒回艾爾狄亞！我想死你了！」左邊的咖啡色大狼一把抱住諾爾哭訴。

「……」

「就是說嘛！離開都不講一聲的！拋下淑女不管可不是紳士該有的行爲！不過我聽說你已經是A級幻獸了呀，如、如果你是爲了我特地跑去修行的話，倒也不是不能原諒……」右邊的金羊也摟住諾爾的手臂，自行開起了小花。

「……」

「克莉絲妳怎麼這樣！不是已經跟我搭擋了嗎！」菲特納悲情萬分地狼嚎。

「吵死了，我不是說過，你只是諾爾成爲A級前的替代品嗎？」

「哪有！妳當初明明只跟我說，只要我成爲A級就選我當指定幻獸的！」

「就算你A級了也沒有諾爾跟霍格尼強啊，人家要這種等級的對象！」

「……」諾爾放棄掙扎，被夾在中間的他露出放空的神情。

彷彿嫌場面還不夠混亂，伊娃也在這時冒了出來，這麼一個擁有繽紛色彩與脫俗美貌的少女當然不會被克莉絲放過，伊娃還來不及開口說話，克莉絲便率先大呼小叫：「這女人是誰啊？」

「呃，她是我的使魔，伊娃……」

「伊娃？以前待在你頭上的小不點？」克莉絲立刻看向諾爾，不敢置信地問。

諾爾恍惚似的點點頭，顯然沒把克莉絲的話聽進去，只知道點頭就對了。

看見諾爾站在奈西家後院，身旁圍繞著幻獸的樣子，伊娃的臉上綻開燦爛的笑靨，翅膀一拍朝諾爾撲了過去。「哇嗚，羊羊諾爾回來了！」

雖然她在尋回幻獸的過程中跟諾爾見過面，但在這裡相遇的意義不一樣，這代表諾爾真的已經結束修行，回到他們身邊了。

此刻的諾爾左惡狼右金羊，胸前又貼著一隻蝴蝶，如此修羅場讓克莉絲瞬間炸毛。

「妳誰呀妳，不要接近我家諾爾！」

「諾爾明明是我們家的！」

兩個女人擦槍走火，菲特納很識相地舉雙手投降退出戰場。

「才一年不見就長這麼大隻，是存心想搶走我家諾爾嗎？」克莉絲尖聲說。

「羊羊諾爾本來就是我們的，金羊羊閃邊。」伊娃吐吐舌頭。

「不過長得高了點就囂張起來了？就算妳變成人類大小，沒了那高跟鞋還不是矮子一個！」

「人家會飛！」

「我也會飛啊！這還算了，都是個少女了，妳不覺得妳的胸部有點悲劇嗎？真正的女人應該像我這樣。」說到這裡，克莉絲刻意用自己豐滿的胸部去擠諾爾的手臂，不過諾爾的意識早已神遊物外，只餘一具羊體在世。

「小胸部又沒關係！奈西西才不會討厭！羊羊諾爾也不會討厭！」伊娃嘟起了嘴，氣呼呼地說。

「喔？是這樣嗎？諾爾！」

「……」

「嘖，那奈西弟弟你說，你喜歡巨乳還是貧乳！」

「咦？我、我、我……」

才一眨眼的工夫，兩名會飛的少女已經湊到奈西身邊，一人抓住一隻手臂展開拉票。

「奈西西才不在乎胸部對不對！」

「這、這個……」

「說什麼呢，青春期的男孩子最喜歡大胸部了對吧？」

「我我我……」

方才還劍拔弩張的紅龍與龍族召喚師，與已經退出戰場的狼站成一排，默默待在場外觀看。

「媽的，所以老子才討厭女人。老是嘰嘰喳喳的，爲了點小事就要吵起來。」霍格尼不屑地說。

「所以爲了不要像是嘰嘰喳喳的女人，你們還是暫時先和好吧。」旁觀者清的小蘋果補槍。

「……」

在風波終於平息後，奈西宣布茶會開始，慶祝這些失復而得的幻獸們回歸，也順便讓霍格尼熟悉一下他的幻獸們。

不過即使他的魔力量比常人多上不少，要召喚出魔導書中的所有幻獸也是不可能的，所以只好拜託伊萊幫忙。本來以爲把穩定性最高、又被伊萊召喚過的諾爾交給伊萊是很好的選擇，想不到判斷錯誤。

可是他再怎樣也不可能把霍格尼交由伊萊召喚，一來霍格尼非常討厭芬里爾家，二來現在的霍格尼還處於艾琳娜的陰影下，有時會被折磨得神智不清，一召喚出來就突然攻擊人，沒有受過訓練的召喚師很容易因此喪命。

因此，在他獲得霍格尼的契文沒多久後，霍格尼便持續對他進行著抵抗恐懼之吼的訓練。

「我有時會分不清現實與虛幻……用你的意志把我帶回現實，小鬼。」

面對這隻可能會害他喪生的幻獸所提出的請求，奈西沒有拒絕。

他明白霍格尼的痛苦，也知道若沒有他，霍格尼遲早會失去自我意志。而且他不覺得自己會因此丟掉性命，因爲他跟諾爾約好了，如果無法控制霍格尼，只能證明他的決心不過如此。

「你不回艾爾狄亞，霍格尼又不肯下山，我眞的快寂寞死了！沒有人陪我喝酒！沒人跟我一起被召喚！狼是會寂寞而死的生物你怎麼能這樣嗷嗚嗚嗚……」

「只有你。」諾爾說。

「滾。」霍格尼說。

「……沒有人覺得，只是召喚一隻狼卻多出來一隻災厄之龍很可怕嗎？」伊萊無言以對。

奈西多少可以猜到霍格尼不下山的原因，應該是由於他的狀態還不算穩定。不過奈西倒是有點意外霍格尼會跟菲特納他們有所交流，畢竟哈卡說過，霍格尼是出了名的孤僻與暴躁。

「想不到你們會變成朋友呢。」他很誠實地發表了感想，不出所料地遭到霍格尼瞪視。

「你以爲我願意嗎！這兩個傢伙仗著我認識那隻臭羊一直纏上來！用吼聲也吼不走！」

霍格尼無語問蒼天，他向來自豪的恐懼之吼在看似平凡無奇的惡狼與金羊身上居然造成反效果。

「被我一吼，這隻狼只會一邊發抖一邊緊抱著我的腳唉唉叫！有沒有搞錯啊！發出吼聲的是老子，你應該逃吧！把老子當救命稻草幹麼！」

「還有那隻金羊！被我吼完從恐懼中回過神，第一件事不是逃跑而是抱怨！喋喋不休抱怨個三小時都不累嗎！這就算了還揪人來！一群羊成天在我耳邊咩咩叫，不瘋才有鬼！」

偏偏他又不能動手，因爲諾爾說過他不能吃艾爾狄亞的幻獸。他救了諾爾，而諾爾將自己的故鄉留給他，對他唯一的要求只有不要作亂，這份信任讓他實在不好意思亂來。

何況艾爾狄亞的幻獸不問過去，也不排斥他這隻龍的加入，環境又清幽，對他而言已經是很理想的居所了。或許是如諾爾所說，這裡隱居著不少曾經流離失所的幻獸，因此艾爾狄亞的居民很快就接受了霍格尼的存在。

只是他的情緒還不穩定，所以大多時候仍隱居在山頭。會住在山頭的都不是什麼簡單角色，他倒也安心。

「見過，爺爺？」諾爾有些好奇地問。

「那隻有著巨大羊角的老山羊？見過啊，你們山羊是怎麼回事？一隻比一隻還怪物。有次我瘋瘋癲癲回去，被那傢伙用羊角攻擊，整隻龍都嵌進了岩壁裡。」

那一下眞是暴力到讓他差點沒吐血，雖然意識不清的他很危險，但能把他嵌進岩壁，等他冷靜後再拔出來，這也眞是夠絕了。

諾爾聳聳肩，表示不意外：「羊爺爺，最強的，就那對羊角。」

和諾爾的羊角不同，羊爺爺的羊角特別巨大，一旦認眞起來連岩石也能撞碎，長年跟在羊王身邊的諾爾對此再清楚不過。

「他，羊王。」

「……靠，原來是王。」

「什麼？羊王？艾爾狄亞住著羊王嗎？」對幻獸充滿興趣的奈西按捺不住，興奮不已地問。

諾爾點點頭：「高山有，一羊王。撫養我長大，很強，很善良，很陰險。」

「很善良跟陰險是怎麼回事……」

說到這個，諾爾的臉色就不太好看。羊王無疑是頭善良的山羊，不僅收養他，還曾經在山腰設立一間教室教導小幻獸們知識，然而沒有人知道的是，羊爺爺跟諾爾一樣是不愛聽從召喚師命令的幻獸。

縱使身上刻著金色契文，但契文藏在羊毛裡，除非受到召喚師的意志驅使，否則壓根看不出是什麼顏色。仗著這點，羊王總是裝作自己只是一隻「需要的魔力多了點」的山羊，裝傻道行比諾爾還高。諾爾可以憑羊族的身分裝嫩，而羊爺爺不僅能裝弱，還會藉由自己的蒼老與和善溫馴的微笑，來讓召喚師相信他只是隻普通山羊。

身為一隻老態龍鍾的山羊，戰鬥到一半閃到腰躺在地上也不是什麼奇怪的事，這點可眞是讓諾爾羨慕嫉妒恨。

剛成年的諾爾多少還能耍點把戲，譬如趁召喚師不注意時偷偷混進普通羊群中，讓召喚師找不到他，或者裝作自己只是隻什麼都不會的智障山羊。可隨著他的幻獸型態越來越龐大、外表越來越妖異，漸漸的，上當的召喚師也越來越少了，羊爺爺卻依然能自得地假裝自己閃到腰或中風。

聽完諾爾的大概解釋後，奈西無語了。「我終於明白為何你是這副德行了……」

搞了半天，諾爾喜歡裝嫩除了天性懶惰外，根本是有個不良示範在身邊。

「你們羊族也眞是奇葩，選這種人當羊王。」霍格尼嘖嘖稱奇。

「才不是我們選的呢。」克莉絲沒好氣地說。「羊族的族群數量龐大，分散於幻獸界各處，而我們又不是什麼有野心的種族，對於誰當王這種事沒這麼在意，即使是想當王的羊，多半得到藍色契文就滿意了。」

「那羊王到底是怎麼選的？」奈西一頭霧水。

「他自己去召喚協會辦事處申請的。」

「……」

「羊王的位置沒羊推舉，一直在那邊空著，也沒有其他羊去申請。協會的工作人員看羊爺爺是A級，似乎沒什麼問題，就核准申請了。」

霍格尼低喃了句「這樣也行」，其他人齊齊露出傻眼的表情，只有兩隻羊族幻獸一臉淡定。

「伊娃是女王指定的呢。」伊娃挨在奈西身旁開心地表示。「妖精族的藍色契文獸選都是女王指定的。」

「看樣子每個種族的情況不太一樣啊……」奈西望著自家幻獸們，同時想到自己背上的金色契文。

若每個種族都有自己的選王方式，那他背上的金色契文究竟是哪個種族的王？又爲何會在他身上？

他當然不會眞的去考慮自己是幻獸這種可能性，畢竟他是能召喚幻獸的人。而他也不是笨蛋，對於這個問題的答案並非毫無頭緒。

因爲烏德克知道這個契文的存在。

他的魔力量異常的多，又跟烏德克有著一樣的髮色，和幻獸相處的態度也莫名地很類似，更重要的是，烏德克有時會表現出比他自己還要了解他的態度。

但是，奈西卻不敢去想這個可能性。如果這個猜測是眞的，那麼他遭到拋棄便將成爲事實。

在什麼都不知道的狀況下，他至少還可以安慰自己只是由於父母雙亡，才被獨留下來。

可若眞的還有那麼一個家人活在世上，並且就在他身邊，那這個人十八年來爲什麼不肯與他相認呢？

他明明是那麼的寂寞無依，對方也全都看在眼裡，卻選擇放他一人。與其讓他對烏德克產生這樣的懷疑，還不如讓烏德克繼續在他心中當個待他很好的溫柔老師。

更何況，如今擁有了許多朋友的他不再孤單，大家都對他很好，更眞心關心著他，這樣就足夠了。

「你們想幹麼？滾！老子一點渣都不會分你們！」

當他分神的時候，茶會仍在進行，搶了最後一塊餅乾的霍格尼引來地精們的不滿。只見所有地精一個接一個坐到同伴肩上疊羅漢起來，在半空中歪歪斜斜的，想奪走霍格尼手裡的餅乾，即使如此，霍格尼仍沒有用A級幻獸的實力去嚇人，這讓奈西著實放心不少。

或許是被艾爾狄亞的幻獸們磨出了耐性，霍格尼變得溫馴許多，不像以前一樣那麼常欺負弱小。

「眞是令人欣慰啊，這傢伙的個性比剛來艾爾狄亞時好多了，聽說羊爺爺也比以前精神多了。」一個感嘆的聲音從附近傳來，只見白兔托比坐在桌子上，正拿著大小適合他的迷你茶杯享用著茶。

察覺到奈西的目光，托比解釋：「扶養諾爾長大的羊爺爺跟我一樣從事教師的工作，只不過在某次意外後就放棄了，選擇在山頭隱居。最近這隻龍跑上山頭，羊爺爺得知是諾爾的相識後，也有幫忙管教。」

這番話引來了諾爾的注意，因爲他已經很久沒聽說過羊爺爺做這類事了。

托比嘆口氣，語氣帶著淡淡的惆悵：「我很希望他復出的，那傢伙是眞的教得很好，可是已經很久沒人看過他下山了……希望他能回來。」

「他會的。」諾爾的語氣不帶一絲遲疑。「我可以，他一定，也可以。」羊爺爺是隻比諾爾還要堅強的羊，並打從心裡愛著自己的學生，這點諾爾再清楚不過。他相信等羊爺爺走出悲傷後，一定會再下山的。

茶會的時光很愉快，由於一年沒見，再加上生活在不同世界，大家都有很多話題可說，只不過歡樂的氣氛在菲特納從亞空間拿出酒後，便徹底走調了。

惡狼酒鬼宣稱大家都是成年人，喝點酒是應該的，一旁的金羊馬上興沖沖附和，動手灌起其他人酒來。

見狀，地精們紛紛表示還得澆花種蘋果，很快逃之夭夭；托比說自己還有課要教，迅速閃回幻獸界；小蘋果則就地裝死，當起一棵普通的樹；伊娃才嚐一口便不知產生什麼化學反應開始變色，隨即被禁酒。

剩下的幾人自然逃不過一狼一羊的灌酒，向來滴酒不沾的伊萊才被灌三杯不到，就倒在桌上不省人事，嚇了眾人一跳，被他召喚出來的幻獸因此統統返回了老家。無奈之下，奈西只好請不參與飲酒的幻獸們先回家，好讓他省點魔力重新召喚諾爾，而不喝酒的幻獸們倒也沒有意見，畢竟菲特納跟克莉絲逼人喝酒的功力可不是蓋的。

只不過奈西的酒量也好不到哪裡去，勉強喝了幾杯後突然哭了起來，所有人又是一陣驚嚇。

「喂，不、不想喝就說嘛，咱不會勉強你的啊？」菲特納整個傻了，同時膽戰心驚地瞄了諾爾一眼，生怕諾爾以爲自己在欺負人家。

「都說了不要走，爲什麼還要走！」奈西猛然抱住菲特納，有如第一天上學被家長丟在學校的孩子，大聲嚷嚷。「反正一定又是想再度拋棄我吧！因爲我不是乖孩子，成績沒有人家優秀、意志又不堅強，所以才不要我，要去宮廷找一個又乖又優秀的孩子！」

「那、那個……」菲特納試著拉開奈西，無奈少年像是牛皮糖一般，完全擺脫不了。

「什麼？修迪擅於交際，人受歡迎，而且風度翩翩，所以要選他？不要啦！」奈西大哭。「也不要選伊萊啦，雖然他成績好，又很有正義感，還受人信賴。我有什麼不好嘛？爲什麼不選我？」

「喂，這小鬼有啥毛病？」酒量很好的霍格尼瞪著奈西，一臉莫名其妙，諾爾一語不發地將奈西從菲特納身上拔起來。

「你要帶我回家了嗎？」醉醺醺的奈西望著諾爾，神情期盼。

「嗯。」諾爾點點頭，將自家主人抱了起來，奈西沒有任何抵抗，開心地回抱住他。

「即使我不乖，也不會拋棄我嗎？」

「不會。」

「不會留我一個人在家？也不會選其他小孩？」

「不。」

奈西點點頭，滿足地嘆息一聲，靠著諾爾的肩膀沉沉睡去。

在眾人目瞪口呆的注視下，諾爾說了句：「上樓去。」便把奈西抱回房間了。

雖然奈西看似在胡言亂語，諾爾倒也不是不明白奈西在說什麼。烏德克的離去顯然帶給奈西很大的震撼，畢竟他是真心將烏德克視為敬愛的長輩。

當他把奈西放到床上時，一把鑰匙從奈西的口袋滑落而出。

那是把做工精緻的鑰匙，以黑曜石打造而成，設計華麗的尾端部分還鑲著幾顆寶石。這把尋常人家不會擁有的鑰匙，是烏德克離開那天，艾斯提私下交給奈西的。

毫無疑問，這正是席爾尼斯宅邸的鑰匙。

「雖然烏德克肯定不會希望我這麼做，但我還是覺得必須給你。」當初在烏德克踏上馬車後，車夫艾斯提偷偷從前座溜下來，將鑰匙塞到奈西手裡，語氣十分嚴肅。「這把鑰匙交給你並不是希望你去使用，可以的話最好一輩子都不要用上。可是如果……如果真的遇到什麼逼不得已的情況，這把鑰匙會是唯一的解答。」

聽了這番話，奈西立刻明白了艾斯提的言下之意。

對於烏德克去宮廷一事，艾斯提同樣感到不安。烏德克可以忽略進入宮廷可能面臨的危險，但艾斯提無法。在沒辦法阻止主人的情況下，奈西是他唯一的希望。

當時奈西只是慎重地點點頭收下鑰匙，沒有多說什麼。在那之後已經過了一週，期間奈西曾透過艾倫特收到烏德克的來信，烏德克表示自己過得不錯，就目前來看，應該還沒什麼問題。

不過諾爾對烏德克入宮這件事並不樂觀，然而他也無法多說什麼，只能嘆口氣，將鑰匙放到了書桌上。

「姆姆，鑰匙？」一個帶著好奇的聲音從門口傳來，只見小小的妖精從巨大的門邊探出半個身子，畫面猶如童話中的場景般可愛。

伊娃的注意力沒有放在鑰匙上太久，發現床上的奈西睡得正沉後，她開心地翅膀拍了拍飛到枕邊，望著奈西的睡顏露出甜甜的微笑。

諾爾也懶得再下樓了，他相信霍格尼的酒量足以應付那煩人的灌酒，因此決定就在這裡避避風頭。他才剛在奈西床邊的地板坐下，伊娃便來到身旁。

她變成人類大小，跟著坐了下來。

「人家聽說了。」

「嗯？」

「羊羊諾爾爲了伊娃，主動讓出了使魔的位置。」伊娃的目光轉爲黯淡，語氣也隱含憂傷。「沒有了使魔身分，萬一壞阿姨再召喚怎麼辦？諾爾不怕嗎？」

「不。」諾爾的聲音沒有任何遲疑。「半吊子的意志，拉不動我。」

見伊娃仍是愁眉苦臉的樣子，諾爾摸了摸她的頭。

「我已經，不會再輸。而且，也不能永遠，當奈西的使魔。這位置，是屬於妳的。我無法取代妳。」

伊娃陷入沉默。她理解諾爾的意思，自己對奈西的重要性，諾爾之前已經說得很明白了。

奈西非常重視她，諾爾也是。諾爾的好，她一開始就看得很清楚，所以當年她才會在奈西被諾爾嚇哭時，不顧一切爬到諾爾身上。

那隻一度被拒絕、差點要就此錯過的幻獸，如今已經與他們建立起牢不可破的羈絆，如同屹立不搖的大樹般佇立在他們身前，為他們擋下所有風雨。

想到此處，她忍不住將頭靠到諾爾的肩上，安心地閉上雙眼。

她很喜歡諾爾，真的很喜歡。

奈西相當依賴諾爾，她也是。因為諾爾會保護她，以及她所深愛的人。

「伊娃已經變強了喔。」

「嗯。」

「這次人家也要加入羊羊諾爾的行列，一起保護最重要的人，可以嗎？」

「好，一起。」

諾爾沒有再拒絕她。他靜靜瞄了一眼靠在身旁的蝴蝶妖精，心中有股懷念與踏實感。

他感覺自己彷彿回到了那段金色的童年裡，班上年齡相仿的小幻獸們靠著他，把他當成暖爐的日子。

那個時候，他的夥伴們也跟伊娃一樣露出了無比安心的神情熟睡著。

失去一切之後，幼時的時光對他而言曾是如此的虛無飄渺，那樣的溫暖一度只能在夢中回味。

但如今，新的夥伴已重新聚集在他身邊。

他很清楚，這次他的夥伴們不會再輕易離開了。大家都已經準備好，無論未來有多危險都會一起面對。

如果這世上有所謂的救贖，那他想肯定就是這麼回事。

第五章

很快，幾個月過去了，諾爾等人漸漸習慣了新生活。這個學期對諾爾跟奈西來說有很多狀況要適應，特別是在讓出使魔之位之後，諾爾的日常出現了巨大的變化，相較之下，奈西周遭的改變幅度還不算多。

不過這樣的日子仍足夠讓奈西感到頭痛，原因無他，全是因爲修迪的存在。

修迪表面上說早已不在意過去的事，卻處處找他麻煩。這位王子殿下時不時會把自己的作業丟給他，並暗示當年的過節，奈西自知理虧，所以都乖乖認命幫忙。儘管他的幻獸們與伊萊都認爲他根本沒理由幫修迪代寫，但好脾氣的奈西認爲自己有愧於人，而且也只是件小事，於是並沒有把他們的話聽進去。

如果只是這樣倒還罷了，最令奈西困擾的是，修迪處處都要跟他競爭。彷彿急於證明自己比他優秀一般，只要哪項科目成績輸了修迪幾分，他肯定免不了被各種冷嘲熱諷。

可是奈西完全不明白爲何修迪要跟他比課業成績，因爲他們根本不在同一個層次上。

「好厲害啊，修迪不但人帥，頭腦也很聰明呢……」

「我們現在學的東西根本難不倒他吧？」

聽著同學們的竊竊私語，奈西覺得有點悲哀。

沒錯，修迪在召喚學這方面可說是出類拔萃，課堂上所傳授的知識全在他的掌握內。他徹底打敗了勤奮好學的伊萊，於考試中取得了完美的高分。

在這所專研召喚的學校，這一科想拿到滿分是十分困難的，因爲考題裡總是少不了申論題，往往交卷時每個人的考卷上都寫滿了字。這類題目通常沒有正確答案，要取得滿分幾乎不可能，但這完全難不倒修迪。

原因只有一個：修迪在這方面的學識已逼近教師等級，連老師也甘拜下風。

所以奈西完全不明白他們之間有什麼好比的，修迪的召喚學知識具備A級水準，而他只是個弱弱的C級而已。

對於修迪超群的成績，伊萊並不訝異。

「那是必須的，就如同我們家以意志出名，席爾尼斯家以魔力著稱一般，貝卡家是召喚術的始祖，且歷代國王都是召喚協會會長，所以他們家對召喚學特別下了苦工研讀。雖然是王族，不過許多召喚術學者皆是貝卡家出身。」

奈西這才恍然大悟，原來人家是學術派的。

「而且他們家在實戰上……雖說不算特別優秀，但絕對沒有一個宮廷召喚師敢輕視他們。」

聽見伊萊這麼說，奈西並沒有特別放在心上，直到召喚實戰課舉行期中考時，修迪的表現才讓他深受震撼。

不只是他，所有人都對修迪的表現感到驚豔。

因爲修迪擊敗了伊萊。

此刻，在學校專用的練習競技場，所有旁觀者都被這個結果驚呆了。

臉色鐵青的伊萊看著倒下的自家幻獸，站在對面的修迪則帶著一貫的優雅微笑。

整個競技場鴉雀無聲，不一會兒，一條細長的幻獸從幾尺長的龍身下鑽出。

是蛇。

一條與人類手臂差不多長的黃蛇，在伊萊的龍旁邊發出勝利般的嘶嘶聲。

伊萊的優秀眾所皆知，他出身於騎士家族，從小便與強悍的龍族爲伍，再加上潛規則的關係，芬里爾家在王城幾乎獨占了龍族的召喚權，想與他們競爭是難上加難。

不過和芬里爾家打了千年交道的貝卡王族，自然也有應對的方法。

「做得很好，回來吧。」修迪不疾不徐地呼喚自己的蛇回去，他伸出一隻手，黃蛇很自然地爬上手臂，攀到他的肩頭。

「抱歉，我的魔力有點不足，所以先叫了使魔上來頂替，結果不小心勝利了……」修迪的聲音極其無辜，眼中的不懷好意卻明顯透露出他是故意的，但除了伊萊與奈西以外，沒有人注意到，反而都被修迪的話嚇傻了。

「使魔！那條蛇居然是使魔而已！」

「好厲害啊！竟然拿毒蛇當使魔，不怕被咬嗎？」

「你傻子啊，人家是王族！貝卡王族都是蛇族召喚師，哪會怕這個？」

奈西愣愣望著場上的兩人，這才明白伊萊爲何不敢小看修迪。

無疑的，伊萊的龍無論在實力還是等級上都比修迪的蛇要來得高，一來一往地對戰肯定對蛇不利，但問題是，修迪的使魔是毒蛇。

只要被咬到一口，就會馬上陣亡的超級毒蛇。

若想勝過修迪的蛇，在戰鬥過程中就不能被傷到一分一毫，這對體積大的幻獸來說是十分困難的事。方才伊萊的龍爲此在空中盤旋了半天，然而終究得攻擊，結果龍尾不經意一擺，讓蛇抓到了破綻，立刻順著溜了上去，最後還來不及甩掉蛇，就被蛇覓得龍鱗中的空隙一口咬上。

只是一擊，龍便倒下了。

這也是爲什麼沒有宮廷召喚師會輕視王族，再強大的幻獸，只要稍有一絲疏忽，也會敗在蛇的毒牙下，即使自己的幻獸也許不受毒的影響，但召喚師本人呢？

走在宮廷的長廊上，一個不注意就可能被毒蛇咬死，這種案例在宮廷並不是沒有發生過，若去了解貝卡王族的歷史，可以發現很多王族都死於蛇毒。

睡夢中被咬死、洗澡洗到一半被毒死，任何時候都有機會被毒蛇襲擊，王族拿蛇陰自己人早已不是一天兩天的事，這種可以避免戰鬥直接擊殺召喚師的幻獸成了王族的寵兒。召喚師再強，也總有無法召喚幻獸的時候，蛇族能夠無聲無息潛入目標的房間，趁對方熟睡時輕咬一口，轉眼送人歸西。

因此，王族的能耐無人敢小覷。

伊萊出身自名門，因此這個情況並沒有帶給他太大的打擊，畢竟貝卡王族的陰狠他過去就曾耳聞。對於自己的失敗，他沒有表示什麼，只是沉著一張臉，簡短說了句：「我要血清。」

「別急，你的龍不會有事的。」修迪笑著說。「一個小時內打血清都有效。反正也快下課了不是嗎？如果我沒記錯的話，再比一場就能決定實戰最強的人是誰了吧？」

他的目光落到奈西身上，自信的氣勢展露無遺。

自從有了諾爾後，奈西在這堂課上便不曾輸過，如今克服了高等幻獸恐懼症更是如虎添翼，連老師也不敢輕易挑戰他。

這些修迪都很清楚，但他一點也不怕。

「過來吧，奈西。距離我們上次對決已經過了好幾年吧？終於又再度對上了呢。」

奈西無法平靜以對，他難以想像修迪竟能如此輕易地說出這番話，明明當初完全是受害者。

「如同當年那場決鬥，再比一場吧。只不過這一次換你成爲挑戰者，拿出你最自豪的幻獸來應戰吧。」似乎期待這場對決已久，修迪的聲音帶著若有似無的惡意。「大家都說你的主力是那隻山羊幻獸不是嗎？想必那隻幻獸是最令你驕傲的吧？怎樣？不讓他出場嗎，A級召喚師？」

修迪的目光落到坐在奈西旁邊睡覺的諾爾身上，讓奈西感到一陣不安。面對修迪的蛇，他自然有可以應付的幻獸，能用吼聲癱瘓對手的霍格尼與能從空中灑下毒粉的伊娃都是十分合適的選擇，可是修迪偏偏指定了諾爾，還故意叫他A級召喚師。

修迪本身還不到A級，而是B級召喚師，這等級以這個年紀的學生來說很普通，因此若奈西拒絕了比他低一級的修迪的要求，無疑將令自己與諾爾難堪。其實拒絕讓諾爾出戰很合理，因爲諾爾不會飛，被蛇咬到的風險很大。然而若他拒絕了，肯定會有人批評諾爾。

一隻A級幻獸居然不敢和B級的使魔對戰。

在奈西猶豫的期間，他已經聽到周遭傳來這類竊竊私語。

可要是答應了，奈西明白事情只會更糟。修迪很明顯就是想報復他，如果諾爾被咬到，修迪很可能不會給他血清，讓他眼睜睜看著諾爾被毒死。

權衡之下，奈西咬了咬牙，正準備拒絕修迪的請求時，一道黑色身影突然落到競技場上。

「諾、諾爾？」

不知何時醒來的諾爾打了個呵欠，睡眼惺忪地望向對面的修迪。

「哦？這麼乾脆啊，看樣子你對這隻幻獸很有自信。」

「等、等等——」

「嗯？」諾爾歪了歪頭，他看看修迪再回望奈西，雙方之間的氣氛讓他覺得困惑。剛才在朦朧中一直聽見其他人提到他的名字，他以為輪到奈西了，於是反射性跑到了競技場上。現在看來，出場的時機好像不對？

「去吧。」修迪手臂一揮，身懷劇毒的使魔頓時落到地面，對諾爾發出嘶嘶聲。

「住手！我沒說要用諾爾出戰啊！」

修迪露出驚訝的表情，連忙要自家使魔住手，但他的使魔蛇一意孤行地朝諾爾衝去。

當毒蛇逼近時，仍未完全清醒的諾爾只來得及瞄對手一眼。

「諾爾！」奈西慘叫，同一時間，一陣黑霧從諾爾身上爆出。

整個競技場霎時被黑霧籠罩，四周鴉雀無聲。臉色蒼白的奈西奔到場上，試圖在伸手不見五指的黑霧中找尋諾爾，他不斷呼喚諾爾的名字，被這個突發狀況嚇得快要哭出來。

他已經禁不起再一次失去諾爾，要是諾爾死了，他絕對會崩潰。

下一秒，他的手臂被穩穩攫住，接著黑霧慢慢從場上散去，當競技場中的身影恢復清晰時，周圍頓時驚呼聲四起。

腳下環繞著黑霧的諾爾一手抓著奈西，一手揪著修迪的使魔蛇，方才氣勢如虹的黃蛇頭部被諾爾牢牢扼住，身體還被打了個結。使魔蛇瘋狂地掙扎，無奈諾爾卻不動如山。

諾爾的樣子簡直像個魔術師，在黑霧爆出的瞬間變出了一名召喚師跟蛇。他打了個呵欠，把蛇扔到修迪面前，賴到奈西身上，再度閉起眼。對戰勝負已分，諾爾甚至沒拔出自己的劍。

「諾、諾爾？」

「……唔？」

「你沒被咬吧？」

「沒。」諾爾懶洋洋地瞥了被他打結的使魔蛇一眼，那條蛇的雙眸瞪大了幾分，慌張地來回看著修迪與諾爾，最後無地自容地把頭縮了起來。

這種無聲無息的偷襲打法諾爾可是熟到不能再熟。之前與無頭爵士練劍時，勒格安斯老是躲在影子底下猛然冒出給他一劍，虧這傢伙擁有爵士之名，一身鎧甲還騎著駿馬，結果戰鬥風格如此猥瑣，騎士同行看了都要哭了。

不過諾爾後來有樣學樣，在具備召喚黑霧之力後，也總是藏在霧中陰勒格安斯，導致每次兩人開戰時經常鬧得附近居民獸心惶惶，沒有任何幻獸想待在一個伸手不見五指、一不注意就會摔進陰影沼澤的環境裡。

奈西鬆了一大口氣，望向修迪，王子殿下抱起他的蛇，嘴角難得下垂了幾度。察覺到奈西的目光，修迪還故作客氣地說了句：「不愧是A級召喚師，我甘拜下風。」

奈西的臉上早已失去平日的溫和笑容，他握緊拳頭，這才看清了修迪的用意。要他代寫作業、不著痕跡羞辱他都只是額外的。讓當年的憾事重演，才是修迪的主要目的。

、

「修迪！」

放學後，奈西叫住了準備回家的修迪。

修迪停下腳步，帶著一貫完美迷人的微笑回頭望向他。「怎麼了嗎，奈西？」

兩人站在空蕩蕩的長廊上，凝視著彼此。此時早已過了放學時間許久，但修迪不知在忙什麼，這幾天都待到很晚才離開學校，爲了攔下人說話，奈西在修迪回家的必經地點等候多時。

修迪以爲他看不出來嗎？指定諾爾上場，抓住機會命令毒蛇使魔發動攻擊，在他高聲阻止的情況下，還故意回頭露出驚訝的表情，卻讓使魔蛇繼續向前。這樣即使諾爾眞的被咬死了，修迪也可以佯裝自己不是故意的，以他貴爲王子的身分，肯定不會有人刁難。

修迪要怎麼找麻煩，奈西都可以忍，然而今天這件事他無法忍氣吞聲。

「有事衝著我來，不要對我的幻獸出手。」

修迪心不在焉地別開目光，淡然回應：「殺死別人幻獸的你，有資格這樣要求嗎？」

「過去的事我很抱歉，但這不代表你可以因此傷害我的幻獸。我說了，有事衝著我來，如果你一定要對我的幻獸出手……我絕對不會放過你。」

聽見這番近乎宣戰的發言，修迪這才正眼看向他。奈西的表情十分堅決，毫無一絲膽怯與猶疑，明白奈西不是在虛張聲勢後，修迪終於垂下嘴角，脫下了完美王子的面具。

「你變了呢。」和善的微笑從修迪的臉上消失，取代而之的是令人不寒而慄的冰冷神情。「你以爲威脅我就有用了嗎？現在的我早已不是當年那個沒有地位也沒有實力的小孩，你知道我是誰嗎？跟我作對不是明智的選擇。」

「跟我作對也不是明智的選擇。」奈西語氣冰冷地回敬。

「是嗎？孤苦無依的你又能做到什麼？就算你現在死在這裡，也不會有人在乎的。」語畢，一個召喚陣在修迪身旁的地面浮現，白天差點咬中諾爾的使魔蛇再度現身。

「我的幻獸會在乎。」奈西的肩上也浮現一座迷你召喚陣，嬌小的毒蝶妖精從陣裡冒出。

兩名劇毒使魔四目相接，修迪的黃蛇不甘示弱地對伊娃嘶嘶吐信，伊娃卻笑靨如花。她雙手放在背後，天真無邪地對奈西笑著開口：「奈西西，需要人家出手嗎？」

「不，現在還不到妳出手的時——」

一陣強風襲來，一隻龐然大物落到他們旁邊，掀起了煙塵。

「我說你搞啥呢，放學這麼久還不走，原來是在尋仇啊。」

處於紅龍型態的霍格尼不懷好意地看向修迪。由於霍格尼容易引起旁人恐慌，可又不得不召喚他六小時，所以奈西有時會請他找個人煙稀少的地方納涼一下。

「這傢伙目前落單，正是大好機會啊。」霍格尼舔了舔嘴巴，貪婪地打量著修迪。

面對這隻惡名昭彰的紅龍，即使是貴爲王儲的修迪也不禁直冒冷汗，反射性後退了幾步。

見狀，霍格尼發出賊賊的笑聲，對修迪露出尖牙。「小鬼啊，下令吧，只要你下令，我會毫不猶豫吃了他的。」

奈西按住紅龍的身子，淡淡說：「你不能吃了他。」

修迪以爲奈西終究還是怕了他的身分，正想開口嘲諷幾句，霍格尼卻再度發言：「那我如何才能吃了他？」

「還得看他的表現。」

「你！」修迪終於憤怒了，他上前跨出一步。「你不要以爲自己有強悍的幻獸就能囂張！我告訴你，我死也不會認同像你這樣的召喚師！」

奈西一瞬間微微愣住，但很快便恢復冷靜。他認爲自己的話已經發揮警告的作用，所以沒有多說什麼，沉默地轉身離去。

他的態度讓修迪火冒三丈，馬上想上前拉住奈西，這時一個輕盈的身影飛到修迪前方。

擋住去路的是變成人類大小的伊娃，她飛在半空中，拍打著那對足以吸引所有目光的粉色流金蝶翼。

雖然修迪這學期才轉來，卻沒少聽過伊娃的事蹟，那令人驚豔的外貌固然是原因之一，畢竟整個王城找不出幾個召喚師擁有如此漂亮的幻獸，不過除此之外，她竟是一隻能輕易將龍擊殺、令人聞風喪膽的E級幻獸，並且據說還是BOSS等級，這才是主因。

目前這件事只是謠傳，能把BOSS當使魔的人只在教科書上出現過，而奈西也不肯證實這個傳言。

若告訴修迪，八年前那隻毛蟲會變成現在這副模樣，他打死也不會相信。不過事實就是如此，而且糟糕的是，這隻妖精似乎打算做些什麼。

他警戒地攤開自己的魔導書，使魔蛇也擺出備戰姿態，可幾秒過去了，伊娃沒有其他特別的舉動，僅是停止飛舞待在原地，對他們露出微笑。

一股甜甜的香味鑽入修迪的鼻腔，讓他頓時頭昏腦脹起來。他發覺自己的目光離不開那張甜美的臉龐，只能像個笨蛋似的痴痴望著伊娃。

「伊娃——咦？伊娃？妳在那做什麼！」一個驚慌失措的聲音闖入他的世界，隨後那道粉色身影被強制帶離，當修迪回過神時，奈西早已和他的幻獸們走得老遠了。

「修迪有毒蛇啊，萬一被咬到怎麼辦？別接近他們。」

「人家會飛，不怕蛇蛇，嘿嘿。」

「會飛算什麼？老子一身龍鱗，被咬也沒在怕的。」

「霍格尼討厭討厭鬼！鑽鑽空隙就能咬到了，而且就算蛇蛇毒不到，伊娃也會毒你！」

「來啊！怕妳不成！」

「好了啦，你們別吵了……」

遠遠聽見這段對話的修迪愣了。他看向自己的蛇，使魔蛇拚命搖著頭，似乎也跟他陷入同樣的狀況。

「那隻妖精……」

修迪真的有些忌憚了。人人都說這隻蝴蝶只有顏色變紅的時候才具備危險性，但是她剛剛分明做了些什麼，卻依然是粉嫩的顏色。這隻使魔某方面來說比霍格尼更加危險，至少他們還知道霍格尼的能力，而那隻蝴蝶妖精的能力與身分有一半仍在迷霧中，讓他不得不警戒。

「別以為這樣就算了……」望著奈西離去的背影，修迪不自覺地低聲喃喃，語氣充滿了陰狠：「我絕對不會放過你的。你的罪孽，就用你的未來償還。」

在遙遠的另一個世界裡，引發這場爭執的導火線諾爾維持著黑羊的外形，像條狗似的伸直四肢躺在深淵街道上，內心鬱悶不已。

他並不是因為白天差點被陰的事而鬱悶，事實上，他根本不知道奈西與修迪槓上了，當時他完全處於恍神狀態，在考試結束後便被奈西急忙送回幻獸界，他沒問原因就渾渾噩噩地回來了。

不幸的是，他才休息沒多久又立刻被召喚。

一跨出召喚陣，只見一堆人對他兵戎相向，回頭一瞧，身後的召喚師正露出陰險的笑容，指使他去攻擊那群人。

在他仍是羊族時，從未遇到過這種事。

如果有人召喚一隻山羊去攻擊眾多全副武裝的騎士，那腦袋肯定是壞掉了；但若有人召喚一隻強大的魔族去攻擊騎士，那卻是再正常不過。

諾爾習慣了被召喚師輕視的生活，以前他的任務都是牧羊拔草砍柴之類的簡單差事，可是成爲魔族後，任務內容一百八十度大轉變，而且幾乎每次的召喚任務都符合他的實力。

這讓他嚇壞了，他並不是沒能力應付，只是這種情況下根本偷懶不得。他想直接落跑，不過這一逃，他的召喚師會不會被圍毆致死啊？爲了偷懶而害死召喚師不是他會做的事，諾爾內心萬般無奈，只好跟人家隨便打打，再回頭對召喚師表示打不過，要召喚師快溜。

「什麼？你開什麼玩笑！連你也打不過我就死定了啊！」召喚師一反方才囂張的態度，驚慌失措地哇哇大叫。

「你不會，再召喚一隻？」

「你一隻就夠耗魔了，我哪來多餘的魔力召喚第二隻！」

「……」

他眞是無時無刻不想念奈西的好。

好不容易折騰完，返回幻獸界沒多久，他又很衰小地再次受到召喚，如此頻繁地被召喚在他還是羊族時極少發生，變成魔族後卻三天兩頭就發生一次。

這次一出來，看見對面三頭六臂的幻獸後，諾爾眞的不爽了。

「去吧，打死那隻邪惡的魔族！」

敵方幻獸不由分說朝他衝來，諾爾化爲黑羊，在拳頭揮過來的同時向後一滑，羊毛被拳風擦過，接著整隻羊倒了下去。

他伸直了四肢躺在地上，爲了營造逼眞的敗北感，諾爾甚至吐舌頭翻白眼，將山羊白目的一面發揮得淋漓盡致。這般舉動讓全場瞬間鴉雀無聲。

「這是……掛了沒錯吧？」敵方召喚師呆愣地說。

「一拳就掛？搞什麼，這傢伙眞的是A級嗎？」我方召喚師不敢置信。

「……」發動攻擊的幻獸很清楚自己根本沒打到諾爾，也知道諾爾是在裝死，但他已經無語到什麼也不想說。

諾爾就這樣騙過所有召喚師，原封不動地被送回幻獸界。

於是時間回到現在，諾爾已經維持同樣姿勢躺在地上好一陣子了。接連而來的召喚讓諾爾感到相當無力，現在的他完全不想動彈，如果再有人召喚他，他打算繼續這樣裝死到底。

「喂，馬路可不是你家啊，讓開點，沒聽過好羊不擋路嗎？」被一名騎馬路過的吸血鬼喝斥後，諾爾才慢吞吞地爬起身，化爲人形坐在路邊，垮著肩膀嘆息一聲，看起來非常沮喪。

在他身爲羊族時就覺得被召喚很麻煩了，結果跟成爲魔族後一比，簡直是小巫見大巫。

之前當了一年使魔，過了一年不用被召喚的舒服日子，他本來還抱著輕鬆的心情將使魔的位置還給伊娃，沒想到生活就此天翻地覆。

他忘了自己已經是魔族，也忘了魔族向來是召喚師的熱門選擇，縱使魔族數量多，然而召喚魔族的召喚師也多，現在的他在等待奈西召喚的冷卻期間結束前，往往至少會被其他召喚師召喚一次。

何況以他A級的身分，任務也輕鬆不到哪裡去，像奈西那種對於自己召喚了什麼渾然不知的召喚師，終究是十分稀少的存在，大部分的召喚師都很清楚自己召喚了怎樣的幻獸。

所以諾爾理所當然逃不了困難的任務。為此他曾向幾個魔族好友求助過，卻完全無濟於事。

「成為S級不就好了嗎？我巴不得被召喚耶，你不要身在福中不知福！」

「我們『後天魔族適應不良症』門診有許多幻獸跟你有一樣的問題，可以幫你安排輔導。當然，要收費。」

「去當王啊，王被召喚的機率很低，這是有科學根據的。啊？你問我什麼是科學？誰知道啊，都是艾斯提講的。」

「歡迎加入魔族。」

聽到艾斯提以爽朗得令人鬱悶的語氣表示歡迎後，諾爾便放棄了。

他好懷念以前那些照顧農場打雜劈柴的工作，變成魔族之後，一被奈西以外的人召喚，總是有一堆敵人等著他，不然就是人人喊打。不得不說，這讓自認可愛的諾爾有點遭受打擊。

他一直認為自己是隻溫馴的山羊，可現在成了魔族，所有人都把他當洪水猛獸，只不過換了個種族，差別也太大了。

「找到了，就是這傢伙！」

一道帶著滿滿怒火的聲音從身後傳來，諾爾回頭一看，見到幾隻喪屍跌跌撞撞地衝上來。

「大家小心！這傢伙會用黑霧脫逃，快，趁他還沒使出黑霧前先把他套住！」說著，喪屍們紛紛拿出一端綁成繩套的繩子準備扔過來，諾爾立刻眼神死。

人類把幻獸當牲畜看不是沒有理由的，他們自己都把自己當成牲畜了，怎還能指望人類把他們當人看？

諾爾當然不會站在原地乖乖就範，只見他一個箭步躍上了民房屋頂，喪屍們瞬間被拋到腦後。

「不要跑！把劍交出來！」

劍？

聽見這個關鍵字，諾爾停下腳步，回頭瞧了眼喪屍們。仔細一看，這幫傢伙確實長得跟他背上這把劍原本的主人挺像。

原來是為奪劍而來。

諾爾深深嘆了口氣，頓時有種想為自己洗刷冤屈的衝動，他覺得無辜極了，會持有這把劍根本不是他的錯啊。

在他想要變強的消息傳出去後，那群狐朋狗友紛紛來提供協助，而艾斯提是其中最積極的一個，除了建議他換身裝備外，當然也有建議他換武器。諾爾拒絕了穿戴鎧甲，於是艾斯提退而求其次：「好吧，但你必須換一把武器，農村出產的武器攻擊力根本不夠看，你一定要給我換。」

「怎麼換？」諾爾的劍是羊爺爺給的，哪裡有販售武器，他真的不清楚。不過艾斯提相當專業，聽了他的問題後，很快從車廂裡翻出一張地圖。

「深淵有好幾個地方在賣武器，我幫你標示出來。」艾斯提邊說邊用黑色墨筆飛快地在地圖上圈了數個地點，直到諾爾喊了聲「沒錢」。

萬能車夫呆呆望著諾爾，好一陣子才回過神。

「對，你確實沒錢……」艾斯提忘了諾爾才剛搬到深淵，而深淵的貨幣只在深淵流通，任何非魔族幻獸初來乍到都是一貧如洗。

隨後勒格安斯的聲音很歡樂地插了進來：「沒錢用搶的就好啦！像我永遠都有賣不完的東西！」

「……」

兩人無語地看了勒格安斯一眼，但並沒有指責他，畢竟幻獸的道德感著實低落，弱肉強食是他們的生存法則。

被狼傷害的羊不會蒐集罪證去向狼提告，也不會有人對狼判刑。唯一能反擊狼的方法只有變得比狼更強，反過來打倒他。

在誰那裡吃了虧，就變得更強還以顏色，幻獸界的生態就這麼簡單。

所以對諾爾他們來說，這確實是個可行的方式，對方要是不甘，自己想辦法搶回去便是。

艾斯提咳了一聲：「在沒得選擇的情況下，這確實是個不錯的提議。那我幫你打聽打聽。」

於是艾斯提憑著在深淵的好人緣，眞的探聽到不少消息，他們商量後鎖定了一隻擁有藍色契文的喪屍BOSS，浩浩蕩蕩組團去人家家裡刷劍了。

對此艾斯提異常興奮，在入侵喪屍的地盤時展現出超群的戰鬥力，讓諾爾眞心覺得艾斯提絕對生錯了種族，這傢伙骨子裡根本是勇者來著。

站在殺氣騰騰的喪屍王面前，一行人像是來熱門景點旅遊般，對著喪屍王品頭論足。

「看到那把劍了沒？既鋒利又帥氣，以後你成爲魔族還可以灌輸魔族之力進行攻擊。」艾斯提指向喪屍王拔出的巨劍，銳利的巨劍在喪屍王手中充滿肅殺之氣，還散發著不祥的黑色氣息。

「他會給？」諾爾疑惑。

「不給就多打幾次啊！打到最後他肯定會交出來的！」勒格安斯信誓旦旦表示，顯然不是第一次做這種事。

「大家加油喔，記得採點喪屍王的血液給我，醫院需要。」黑暗妖精的二姊琪

追殺諾爾的幻獸們有志一同地聚集在他的前方，抓住一根毛也好，只要能攔下諾爾就是他們的勝利。可是諾爾會這麼容易被攔下來嗎？

答案是否定的。

艾斯提的戰馬都能輾過一條街了，比戰馬更加強悍龐大的獸態諾爾自然更是如入無人之境。只見諾爾低頭向前，以極其勇猛之姿用羊角衝撞每隻攔路的幻獸，一路上勢如破竹，無獸能擋。

「可惡！」被撞到一邊的某隻幻獸淚流滿面。「事情不能就這麼算了！這傢伙把我害得傾家蕩產啊！」

「誰快來阻止他啊！」

在諾爾即將從他們的視線中消失之際，一道黑影猛然從天而降擋住諾爾的去路，發出震天咆哮：「吵什麼吵！不知道深淵正在戒嚴中嗎！」

諾爾緊急煞車停在黑影面前，對方整隻獸都籠罩在破爛的灰袍中，露出一雙乾枯的爪子與皺巴巴的腳，乍看之下就像一個嚴重駝背的老人。

「搞什麼鬼？他們爲什麼追你？」幻獸的紅色眼睛從灰色兜帽下露出，目光銳利地盯著諾爾。

諾爾正打算胡扯幾句，那些追殺他的幻獸正好趕了上來，一看見這名灰袍幻獸，他們紛紛露出喜出望外的表情。

「那不是魔王城的利爪奎克嗎？」

「抓住他啊，利爪奎克！那傢伙就是傳說中的亞空間大盜！」

「亞空間大盜？」紅色眼睛瞇起，名爲利爪奎克的幻獸喃喃複述，隨即雙眼圓睜。「就是你！這一年來大鬧深淵的混帳！」

諾爾別開眼，裝作沒事。當場被眾獸抓包，他只能祈禱這個臭名聲不會傳到奈西耳裡。

亞空間大盜是深淵的幻獸們替他取的頭銜，這一切都要「歸功」於勒格安斯。剛來到深淵時，身上沒有半毛錢這點造成諾爾很大的困擾。深淵是幻獸界罕有的以貨幣交易的領地，此處文明發達、種族繁多，因此幾乎什麼東西都要用上貨幣，包括食物。

山羊已經很雜食了，可是深淵寸草不生，有的只是一些枯枝敗葉，這讓吃慣奈西手作美食與艾爾狄亞肥美青草的諾爾很不習慣。雖然枯萎的草木還是可以吃，但他不喜歡，而品質好的食物都是要錢的。

雖說艾斯提偶爾接到一些脆弱且貴重的客人時會邀他去當保鑣分紅，不過這仍完全不足以應付需求。於是，勒格安斯幫他出主意了。

「我說啊，那個啥，你聽過打怪掉寶嗎？」

諾爾滿臉疑惑。

「這是我很久以前從人類那邊聽來的，以前幻獸與人類打仗時，偶爾打一打幻獸的東西會從亞空間噴出來。」

這諾爾倒是理解，可他並不會希望看到這種情況，因爲當該名幻獸亞空間裡的東西統統噴出來時，只代表一件事——他死了，確確實實地失去生命。

亞空間就像幻獸們的器官之一，活著時亞空間會一直存在，當幻獸死了，亞空間也會隨之消失，放在亞空間內的物品將被強制移到另一個空間。諾爾沒想到，原來人類把這個現象稱爲打怪掉寶。

諾爾忍不住想像了一下打死勒格安斯的場景，成千上萬的廢物從天而降實在太恐怖了，最後寶得到了，人也被壓死，根本得不償失。

諾爾相信勒格安斯絕對不是要他做出打怪刷寶這種慘無獸道的行爲，於是他問：「所以？」

「你可以打怪賺錢啊，不一定要把對方打死，只要揍一揍逼他把亞空間打開就好了。」

「……」

由於有喪屍王這個先例，諾爾覺得執行起來不會太困難，只要別挑太強的對象下手就行了，而且只是拿一點東西去變賣而已，他搶了喪屍王的劍，那傢伙不是仍然好好地坐在王座上嗎？

這裡本來就是個弱肉強食的世界，蛇吃了一窩的蛋，不會有幻獸爲鳥媽媽復仇，鳥媽媽也不會去告蛇，只會逃跑或想辦法報復而已。同理，諾爾搶了人家的東西，頂多是對方會想找他算帳，不過諾爾並不害怕，畢竟他就是爲了變強而來，與人交手正是他所希望的。

所以，他開始了搶劫行動，雖然向來不欺負弱小的他不會去找明顯比他弱的幻獸碴，可這並不代表他沒有帶給大家困擾。

「你……咳……咳……你這混帳，到底想幹麼？」一隻被他打趴在地上的A級魔族咳了幾聲，咬牙切齒地問。

「亞空間，翻出來。」

「什麼？」對方愣了。

「翻出來，不然繼續。」一把劍猛然插在A級魔族身旁的地面，諾爾居高臨下看著對方，語氣不帶一絲同情。

「你……所以你攻擊我，就只是為了我的亞空間？」

諾爾點點頭。

「開什麼玩笑啊你！」

就這樣，有的幻獸會服從，有的幻獸會激烈反抗，當然也有諾爾落敗的時候。偶爾被他搶劫的倒楣鬼哭得太傷心，他也會乾脆就算了，然而許多魔族依舊恨他恨得牙癢癢。

他的名聲逐漸在深淵傳開，魔族們稱他為「亞空間大盜」，不過諾爾實在沒想到，他的事蹟居然會傳到魔王城。

「你的存在已經干擾到深淵的秩序了，跟我回魔王城去。」利爪奎克惡狠狠瞪著他，一雙爪子隨之伸過來，諾爾趕緊躲開。

「要把我，關起來？」

「這要看魔王大人的意思。自從幻獸戰爭結束後，我族已迎來第三任魔王，也好不容易與人類召喚師互相理解，豈容你破壞！深淵是召喚體制下的樂土，打破和平的幻獸都該受到制裁。」

「哪裡是樂土。」想到這陣子被召喚的種種，諾爾的臉都黑了。

「哼，身爲後天魔族的你哪裡會明白。」利爪奎克不屑地說。「我們比其他幻獸都來得幸運，因爲我們擁有勇者，只有勇者的召喚才有意義。沒被勇者召喚過的你是不會理解的。」

「……」

「別跟他廢話這麼多了，那個沒心沒肺的傢伙是不會懂的，抓住他！」

諾爾環顧四周，嘖了一聲。在利爪奎克跟他廢話的期間，那些被他甩開的魔族們全都追上來了。

他揮起巨劍，黑霧在身周蔓延，在這種情況下要逃脫不容易，他只能盡力試試看了。

可是明明該逃跑，他心裡卻有一絲想見見魔王的衝動。

從利爪奎克的說法來看，勇者對魔族而言具有非凡意義，而且這話還是從魔王城的成員口中說出，讓他不禁懷疑起魔王與勇者之間的關係。

奈西說過，當年被勇者殺死的魔王臨終之前詛咒了席爾尼斯家，可如今已經迎來第三任魔王，這一千年來究竟發生了什麼事？

一千年，對人類與大部分的幻獸來說，都是一段太長太長的時光，足以讓幻獸與人類的關係改變。

芬里爾家早已捨棄當時服侍的主人，成爲了龍王的俘虜，那麼魔王與勇者家的關係，又會隨著時間流逝出現什麼變化？

諾爾思索了一下，放下巨劍。他看向利爪奎克，正準備開口——

一道召喚陣浮現於空中，剛好在利爪奎克的上方。

「……靠，A級沒獸權啊！」利爪奎克咒罵一聲，無奈地攤手。「我得先走一步了，你們加油。」

「等等啊！」

「好歹把他一起帶過去！」

在場魔族們慘叫出聲，而利爪奎克就像完全忘了剛剛發生什麼事一般，俐落地跳進召喚陣裡。

長久以來，他們已經養成不管發生什麼事都先跳進召喚陣，之後等回來再說的習慣了，人類可很少顧慮他們在幹麼，總是想召喚就召喚。

諾爾沉默地與周遭的魔族們大眼瞪小眼。

下一秒，他再度拔腿開溜。

「別讓他跑了！」

「可惡啊啊啊！就差一點！」

諾爾悠哉地把他們的慘叫聲拋在腦後，飛也似的離去了。

至於魔王城？它的居民都走了，還是下次吧。

第六章

彷彿命中注定，在利爪奎克拋下「只有勇者的召喚才有意義」這句話以後，深淵出現了一些異狀。

期待著被勇者召喚的魔族們，從那天之後沒有一隻再受到勇者的召喚。

勇者像是憑空消失了一般，以往總能藉由勇者的不幸開啟話題的他們，在發現彼此都沒有新的談話素材後，才驚覺勇者失去消息了。

這讓魔族們感到恐慌，雖然他們知道在魔王的詛咒下，總有一天勇者會滅絕，但他們沒想到這天會來得這麼快。

無論是勇者原本擁有的幻獸，亦或是聽到風聲的其他幻獸們，都一個個聚集到骷髏族的領地想要問清楚狀況。

「怎麼回事啊，烏德克怎麼了？他爲什麼沒召喚我們？」

「再衰小也用不著衰到把自己玩掛吧！有艾斯提在不是嗎？他在哪啊？」

「快讓艾斯提出來，我們要知道最後的勇者發生了什麼事！」

面對這群形形色色的魔族，兩大骷髏BOSS傷透腦筋。

「不知道啊，艾斯提最近也不在，可能待在烏德克那裡吧。」獄羅無奈地表示。他比他們更著急，一個是他的主人，一個是他的部下，雙雙失蹤怎能讓他不擔心？可問題就是音訊全無。

他當然想過最糟的可能，但他不肯相信這個猜測，因為艾斯提很強，烏德克也很強，絕對不會有什麼意外。

勇者的消失在深淵裡引起了恐慌，有的魔族甚至哭了出來，他們還沒有做好跟席爾尼斯家說再見的準備。

「烏德克沒有我們不行呀……」莉莉站在獄羅身旁哭哭啼啼地說：「他怎麼能這麼久沒召喚我們？已經兩個月了啊。」

「上一次被召喚時，他說他要去宮廷，從此就沒下文了。」

「又是宮廷！該死的宮廷到底要纏席爾尼斯家多久！」

「諾爾。」娜娜望向呆若木雞的諾爾，認真而堅決地說：「你那邊有辦法知道烏德克的情況嗎？」

「……我不知道。」

「你不打算告訴奈西嗎？」

諾爾握緊了拳頭，陷入猶豫。他知道，就算他不說，奈西也遲早會察覺有異，畢竟原本說好要每週通信的，奈西卻跟這些幻獸一樣，在同一時間和烏德克斷了聯繫。

「烏德克……」奈西再度召喚出烏鴉艾倫特詢問是否有信件，他的眼眶一陣酸澀。「你到底怎麼了……」

兩個月了，整整兩個月沒有捎來隻字片語。每一次他都只得到沒有信的回答。

「對不起，但沒有一隻魔族知道烏德克的去向，我們都沒有被他召喚。」艾倫特難過地說。

「艾斯提呢？」

「艾斯提也差不多在同時失蹤。」

奈西沉默了許久。

讓艾倫特回去後，他下定決心，將手放在胸口。

「召喚，諾爾瑟斯。」

刻在項鍊墜飾背面的契文綻放光芒，諾爾從召喚陣冒了出來。看到奈西焦慮不安的神情，他已經知道自家主人要說什麼。

「我很害怕，諾爾。烏德克不知道出了什麼事，他已經兩個月完全沒消息了，這件事你應該也清楚。」

「……嗯。」這個狀況在深淵中都造成騷動了，烏德克在魔族心中的地位之重要顯而易見。

奈西拿出一張紙，上面烙印著藍色契文，這是他在返回家中那天收到的東西，附上的信裡還注明是給他的禮物。

烏德克臨走前，奈西曾經特地請教過這件事，而烏德克看了那道契文，只是淡淡表示發動這個契文並不會導致生命受到威脅，這確實是個禮物。

烏德克見過這個契文。

「送我這個契文的人，一定是烏德克認識的人。」奈西說。他可以確定這不是烏德克給予的，因為信上的字跡不屬於烏德克。這位寄件者既認識他，也認識烏德克，奈西認為對方或許會知道烏德克發生了什麼事，他不想錯過任何線索，而且他現在也很需要新的強大夥伴。

「召喚吧。」諾爾點點頭，站在奈西的正前方，拔出了劍。

無論發生什麼事，他都會守護奈西。

奈西深吸一口氣，將自己的手放到契文上，沉聲開口：「召喚——」

藍色的契文開始發光，一道召喚陣在他們之間浮現。

當他們看到召喚陣時，一時之間都愣在原地，因為召喚陣出乎意料的小，差不多可以用雙手圈住，就一隻藍色等級的幻獸來說，這非常罕見。而後不出幾秒，一隻通體純白的鳥兒從召喚陣優雅地飛出。

正確來說，是白色的烏鴉。他有著鮮紅的眼瞳、雪白的身軀，雖然配色不尋常，但那外型怎麼看都是烏鴉。

白色烏鴉收起翅膀，落到地面上，抬頭望向呆若木雞的奈西。

「我乃魔族烏鴉之王，名叫克羅安。」烏鴉的口吻既理智又冷靜。「從今以後就是你的專屬信使，請多指教。」

過了好一會兒，奈西才勉強回過神。

「呃……謝謝……可是我已經有艾倫特了……」他的第一句話並不是吐槽到底是誰給他烏鴉王，反而先表明自己已經擁有信使。

「艾倫特？」克羅安的聲音提高幾分，語帶斥責：「用紅色契文的烏鴉當信使有失你的身分，你應該用我，這是一直以來的慣例。」

「慣例？身分？你知道我是什麼身分？」奈西緊張起來，同時也覺得自己越來越接近眞相了，只差一步，他就可以從克羅安口中得知被隱瞞的事實。

「當——」克羅安說到一半，雙眼忽然圓睜，下一秒受驚似的拍起翅膀嘎嘎出聲，王的氣勢瞬間蕩然無存。

「不不不我不知道你的身分！我忘了，抱歉！」

奈西與諾爾無語地看著這隻話轉得超硬的烏鴉，克羅安尷尬地咳了一聲，連忙表示：「總、總之，從今以後我就是你的信使，不要再用艾倫特了。」

「……我知道了。那你可以告訴我，是誰把你的契文給了我嗎？」

克羅安以雙翅抱住頭，懊惱地低吟著，像是在猶豫到底要不要坦承。

「這我不太方便說……總之你可以把那個人當成你的祕密筆友，他只是想跟你做個朋友而已。」

「那個人也是席爾尼斯家的人嗎？」

「呃……」見克羅安滿臉爲難的樣子，奈西嘆了口氣。

「你認識烏德克嗎？」

「那個小子啊……最近深淵因爲他的事鬧得獸心惶惶，唉……」

「他在哪？」諾爾的聲音傳來，直到此時克羅安才發現他，一看見諾爾，他嚇得拍了拍翅膀。

「是你！亞空間大盜！」

難以置信的他目光在奈西與諾爾之間來回，最後一臉責怪地看著奈西。「你們這些召喚師的品味眞令人不敢恭維，烏德克選勒格安斯當主力幻獸就算了，連你也選一隻惡名昭彰的魔族做爲主力。」

「我很乖。」諾爾隨即反駁。

「這是我聽過最好笑的笑話。」克羅安面無表情，他顯然不想在這個話題上打轉，下一秒話鋒一轉，將話題帶回烏德克身上。「烏德克失蹤了，整個深淵的幻獸都在尋找他，我這邊也打算展開行動，如果你們能幫我自然是最好。」

「怎麼幫？」得知克羅安與他目標一致，奈西急忙提問。

「多召喚一些我的同伴出來，我們要去宮廷查查。」

「……」

面對如此簡單的要求，奈西卻沉默下來，若有所思的模樣讓諾爾感到不妙。

「我也去。」果不其然，奈西一開口便投下一顆震撼彈。

「宮廷不是，只有王族與宮廷召喚師能去？」諾爾納悶地問，該不會是要偷偷

進行問候，莉芙希斯卻率先上前，毫不客氣地雙手捏住伊萊的臉頰。

「這個小召喚師該不會也是未來的候選人吧？好可愛啊，看起來很容易捏圓捏扁，我還滿期待的呢。你何時要踏入S級的大門？姊姊等你啊。」

「陛下……」龍王召喚師的語氣十分困擾。

「太難看了，陛下。請不要在公眾場合這麼做。」納尤安出聲制止，他望向伊萊，向來嚴肅的表情裡難得出現一絲擔憂。

糟糕了，如果伊萊現在就對龍王感到幻滅，表明不參加選拔該怎麼辦？過去受不了龍王那性子，連候選人資格都不要的召喚師實在多到不勝枚舉，他很擔心伊萊也會如此。

好在伊萊還沒意識到眼前的女人個性有多糟糕，獲得自由後，他只是連連後退幾步，摀著被捏到發紅的臉頰怒視著龍王。

「妳做什麼啊！有事嗎妳！」他的耳根微微泛紅，又羞又惱地低聲喝罵，看得龍王更加心花怒放。

「快讓他加入候選行列，我等不及了。」莉芙希斯在龍王召喚師耳邊低聲說，不過音量仍讓對面三人都聽得清清楚楚。

「要等他S級才行，陛下。」龍王召喚師只能無奈再無奈地提醒。

奈西瞠目結舌地望著這一幕，不知該如何反應。這似乎是芬里爾家的私事，他這個外人待在這裡有點尷尬，正當他想找個藉口離開時，龍王的目光落到了他身上。

「我必須謝謝你，小傢伙。」莉芙希斯朝奈西伸出手，打從心底綻放笑容。「你救了我的子民。那孩子在召喚體制下一度快要活不下去，是你救了他。」

奈西受寵若驚地握住她的手，慌慌張張搖頭：「不不，我並沒有做什麼，只是召喚他而已！而且霍格尼當時也救了我們……」

「他會救人出乎我的意料之外。我想你身上一定有什麼吸引霍格尼的特質，才會讓他奮不顧身地賭一把。那孩子過去的所作所爲雖然不對，我卻無力阻止，因爲造成他這麼做的原因，都是由於這個召喚體制。」龍王的眼神黯淡下來。「只要召喚條約無法做到公平，像霍格尼這樣的案例就不會消失。我雖身爲龍王，終究也只是幻獸界的一名王而已，無法與束縛整個世界的召喚術抗衡。」

方才歡脫的模樣不再，龍王展現出身爲千年王者的睿智與沉穩。

她嘗試過各種方法，也曾以自身的強大去威嚇召喚師，但最終統統宣告失敗。就算所有召喚師都從良了，總有一天依然可能又出現其他會虐待幻獸的召喚師，她這麼做是治標不治本。若要拯救像霍格尼這樣的幻獸，眞正該做的是摧毀召喚條約。

事實上，莉芙希斯的痛苦不亞於霍格尼，她是少數記得當年同胞被俘之痛的幻獸，也見證了幻獸界的衰落。

千年來，她經歷過太多事，當初無比悔恨痛苦的她，曾發誓總有一天要報復人類，然而時間久了，這份憎恨漸漸被沖淡，最初收服他們的龍族召喚師早已不在，留下了一群執著追逐著她的子孫。

他們或許自私勢利，但沒有繼承先祖痛恨龍族的意志。在這個逐漸遠離戰爭的時代，她看見了幻獸與人類和平共處的可能，慢慢理解到召喚並不全是壞事。

要莉芙希斯放下當年的恨，無疑相當困難，她是那場惡戰的受害者，而今卻只剩下她記得那些屈辱。新生的幻獸與人類接受了召喚體制，並且從這之中找到了相處之道。

她是幻獸界的發言人，也是最接近召喚協會權力核心的幻獸，她的所做所爲將影響整個幻獸界。在掙扎了很長一段時間後，她終於決定放下。

因爲她明白，和平共處才是對幻獸最好的選擇。

如果去報復人類、屠殺那些召喚師，魔族無疑會率先挺身抗議，同樣是受害者的他們，已經與人類建立起深厚的情誼。別的召喚師不提，至少他們是眞心喜愛著勇者一族，漫長的時間早就讓他們與勇者成了命運共同體，無論時代如何變遷，他們都會一起活下去。

「說起來，之前那個王儲跟我很合得來呢……我很期待那個人成爲召喚協會會長的未來啊，眞是太可惜了，唉。」

與那個人一起享用下午茶的時光恍如昨日，那是她少數的召喚師朋友之一，也是唯一願意以純粹朋友心態對待她的人。她曾經以爲未來會因爲對方而改變，然而最終仍是一場空。

想到王儲換成了一個假惺惺的小鬼，龍王忍不住嘆了口氣。「現在那個只是魁儡而已，沒人期待他能做什麼事。」

「陛下！」龍王召喚師的臉都白了，他侷促不安地提醒：「這裡可是王子殿下的主場，請不要公開批評王子殿下。」

若事情鬧大了，就算是權高位重的芬里爾家也難辦。

「我只是實話實說。」莉芙希斯聳聳肩。

此時二樓傳來響亮的號角聲，所有人聞聲望去，在眾目睽睽之下，兩道身影緩緩走了出來。

「對於今日各位的光臨，我深感榮幸。」其中一人正是王子修迪，他身著華服，臉上帶著優雅的微笑，彬彬有禮地展開社交辭令，面對在場的高官貴人，他一點也沒有慌張，一派從容優雅。

而他身後站著一名中年男子，男子留著一撮棕色鬍鬚，臉上神情堅毅，厚重的披風穿戴於身，整個人散發著既威嚴又沉穩的氣勢。

王者。

這是奈西對這位國王的第一印象。

既不是縱情享樂的腐敗貪官，也不是不食人間煙火的高貴王族，光憑第一印象，便能看出他足以扛起整個國家與召喚師們的未來。

相較之下，面帶完美微笑的修迪像個花瓶，國王與王子之間的高下立判。若不是因爲烏德克，奈西或許會對這位國王肅然起敬，但如今烏德克生死未卜，他無法對這個人有什麼好印象。

就在他凝望臺上的兩人時，掃視著人群的修迪與他四目相接了。

奈西心頭一驚，立刻別開目光。

完完完蛋了，修迪還眞的發現了他，要是以爲他是來踢館的該怎麼辦？必須趕快展開行動了。

「那那、那個……我先去其他地方晃晃。」情急之下，奈西找了個很爛的藉口試圖脫身，兩位年長召喚師沒說什麼，只是點點頭。即使奈西可能會加入芬里爾家，家族中的私事還是越少人知道越好，奈西的離開正合他們的意。

伊萊投來擔憂的眼神，奈西勉強擠出笑容要自家竹馬別擔心。當他準備離去時，龍王突然拉住了他。

「如果你是在找勇者的話，他不在這裡。」她附在他耳邊，以只有他們兩個聽得見的音量低聲說。

奈西露出驚愕的表情，正打算開口，莉芙希斯又說：「別問我，我也不知道他在哪，更不清楚他發生了什麼事。在聽聞他被徵召入宮以後，就沒見過他的蹤影了。你必須小心，在這個勇者即將終結的時代裡，王族絕對不會放過任何一位僅存的勇者。」

奈西愣愣看著她，莉芙希斯朝他俏皮地眨了眨眼。他沉默一會兒，而後握緊胸前的項鍊，慎重地點了點頭。

他離開了芬里爾家族所在的地方，穿過人群，最後來到一處沒有守衛的黑暗門廊，握住項鍊低喊：「召喚。」

黑色的濃霧從召喚陣中溢出，霧氣散去後，魔族諾爾出現在他眼前，肩上還站著一隻白色烏鴉。

在召喚門關上之前，一群烏鴉跟著衝了上來，一隻隻紛紛停在諾爾身上。

見狀，奈西忍不住噗哧一笑。諾爾的頭頂、羊角、肩膀都站滿了烏鴉，還特地伸出一隻手讓他們落腳。對於被當成鳥兒放置架，諾爾表示淡定，畢竟他原本就是常被拿來當坐騎的種族。

雖然諾爾身上已經滿員，奈西還是召喚出另一名乘客：「伊娃。」

一道小召喚陣在奈西肩上開啟，粉色的妖精輕盈飛出，當她發覺諾爾載客數已滿時，不滿地鼓起了腮幫子。

「很好，現在大家散開，A組搜尋室外，B組搜尋室內，小妖精和諾爾跟我來。」克羅安冷靜地下達指令。「至於你就回到大廳，繼續找地方召喚烏鴉，記得叫幾隻跟蹤王族，完成後找藉口離開，到城堡外等我們的消息。」

奈西點點頭，他一一望向每隻幻獸，認眞無比地叮囑：「務必要小心，這裡很多S級召喚師。」

「沒問題的！」一隻站在諾爾手臂上的烏鴉高高揚起頭，伸出翅膀拍拍胸脯保證，這隻信心滿滿的烏鴉正是烏德克的專屬信使艾倫特。對於尋找烏德克一事，他當然不會缺席。「魔族烏鴉雖然不擅長戰鬥，但在潛入方面可厲害了。即使要翻遍整個宮廷，我們也要把烏德克找出來！」

「那些強大的傢伙才懶得關注身旁的螻蟻。」克羅安哼笑一聲，奈西聽得出來他這話不是自嘲，而是在諷刺那些輕敵的強者。

若奈西知道在深淵沒有任何幻獸敢輕視烏鴉，肯定會驚訝不已，可惜他現在沒有時間認識這點。克羅安交代完任務後，大夥兒立刻散開，各自展開行動。

諾爾的任務是最重要的，身爲奈西的王牌，他肩負著帶走烏德克的使命，因此他的搭檔是兩隻王，一個負責護衛，一個指引方向。

在黑暗的長廊上，黑色霧氣悄聲無息地蔓延，諾爾的存在太過自然，幾個經過長廊的召喚師都沒有發覺。

諾爾很有技巧地控制了黑霧的範圍，一些不透光的地方都布滿了黑霧，他藏身於其中，不著痕跡地在霧中移動。

他的動作太過安靜，不帶任何惡意與情緒，以至於往往等獵物注意到時，都爲時已晚了。

不知不覺中陷入黑霧裡，隨即被暴打一頓，亞空間遭到洗劫。諾爾是深淵魔族的噩夢，雖然身爲後天魔族，卻完美地詮釋了魔族的特色。排除掉不適應魔族的召喚任務這點，諾爾這魔族倒是當得十分得心應手。

伊娃與克羅安飛在他身旁，注意著周遭。他們潛入的是最危險的區域——宮廷召喚師的住所。

「命運眞是坎坷哪，曾經最討厭勇者的人，最後還是選擇成爲勇者。」在諾爾跳到屋頂上確認路線時，克羅安不禁喃喃出聲。

「什麼意思？」

「那孩子從小就很討厭勇者，討厭這個家族，也討厭勇者的宿命。」克羅安輕輕嘆息，聲音變得有些悲傷。「在那場意外發生後，十八年來，他一直有機會逃離這個宿命的，但他沒有。明明只要跟著我們回到幻獸界就能擺脫一切，可是他……最終還是守在那間過於寬敞的宅邸，保護著僅存的勇者。」

「他或許不希望對方知道這一切，我們卻期盼對方能知道。烏德克付出的太多，我們希望他能得到回報。即使幸運不再眷顧他，他也有追求幸福的權利。」克羅安嘆道。

「……這樣做，眞的就能得到幸福嗎？」諾爾淡淡地問。

這番話讓克羅安陷入沉默。

「嗯？」在高空觀察情況的伊娃忽然顫了顫翅膀，她回到兩獸身邊，有些遲疑地說：「好像有……同類的氣息。」

「同類？妳說這裡有妖精？」克羅安納悶起來。「這裡可是宮廷召喚師的住所，怎麼會有人召喚妖精？妖精向來不受S級召喚師喜愛啊。」

「在哪？」諾爾詢問，伊娃指了一個方向。

「去看看。」直覺告訴諾爾事有蹊蹺，他邁開步伐，伊娃和克羅安也二話不說跟了上去。

第七章

「今晚烏鴉是不是有點多啊？」

「你的錯覺吧？別說這麼不吉利的話。」

諾爾等人悄悄經過兩名召喚師旁邊，正好聽見了這樣的對話，這使他們更加小心。要知道，宮廷裡的召喚師都不是什麼簡單人物，如果正面對上多半是沒勝算的。

宮廷很大，建築物也很多，而他們現在來到一個有些古怪的區域。根據克羅安的說法，這裡仍然是宮廷召喚師的活動範圍。

有一棟被獨立出來的建築就在前方不遠處，他們想過去探看，隨即發現無路可通。

建築周遭都有士兵與召喚師駐守，其中更有一些看起來不好對付的幻獸，相當棘手。

「我的部下被驅趕了。」克羅安語氣嚴肅。「他們對烏鴉好像很敏感，一直要我們滾。」

諾爾瞄了肩上的克羅安一眼，他明明沒看到任何一隻黑色烏鴉過來，克羅安卻知曉同伴們的情況，看樣子這是克羅安的特殊能力。

「過得去嗎，諾爾？」

「……要賭。」諾爾觀察了一下巡邏規律，不太確定地表示。既然連看見烏鴉都會驅趕，那麼就必須更加謹慎了，他以往都是仗著無所不在的黑霧隱身於黑暗中，伺機而動，但若人們開始注意起不尋常的黑暗，事情便不太妙了。

不過克羅安得到的消息也讓他們更加想要往那棟建築前進，烏鴉可是魔族的招牌，特意驅逐烏鴉肯定有鬼。

伊娃歪了歪頭，思考了一下，笑咪咪開口：「選個比較暗的地方過去吧，伊娃有辦法。」

兩獸望了她一眼，最後默默照辦。他們選了一個有兩名召喚師駐守的方向，皎潔的月光完全被建築物遮擋住，牆上的火把也幾乎快燒盡了，只剩微弱的火光在苟延殘喘。

對於伊娃打算做什麼，諾爾沒有多問，因爲他答應過伊娃，這次要一起並肩作戰，所以他相信她，即使他們現在要面對的可能是兩名S級召喚師。

「小妖精，妳沒問題？」克羅安狐疑地看著她。「那兩個人可能是S級的，妳絕對打不過。」

「沒問題的。」伊娃甜甜地笑著，看起來一點也不緊張。「不過伊娃應該只能跟到這裡了，你們加油，要找到老師、艾斯提，還有伊娃的同類。」

諾爾點點頭，他靜靜注視著伊娃，像是在給她時間反悔，可是伊娃並沒有改變主意。

諾爾與克羅安退到暗處，獨留下伊娃。

在確認一羊一鳥躲藏好後，伊娃眨了眨眼，然後……

她哭了起來。

「嗚嗚……」化為人類大小的伊娃孤伶伶地站在長廊中，身子一抖一抖地低泣，無助的模樣讓人忍不住心疼起來，就連諾爾也差點要走出去問她怎麼了。

但在諾爾行動之前，不遠處站崗的兩名召喚師就發現了伊娃的存在，當他們看見這隻有著繽紛翅翼與驚人美貌的妖精時，都露出驚訝的表情。如此漂亮的幻獸十分罕有，即使在常見到妖精的水都裡，也很少有像伊娃這般令人驚豔的妖精。兩名召喚師頓時加快了腳步，來到她身前。

「怎麼了？妳是妖精吧？怎麼會在這裡？」

「這裡閒雜人等不能擅闖喔，快回去吧。」

面對柔弱可愛的伊娃，兩個召喚師都放軟了態度，將該有的戒心扔到了天邊。

「這裡是哪裡……伊娃怎麼找也找不到主人，這裡又黑黑的，好可怕。」伊娃抹著眼淚，哭哭啼啼地說。

「妳的主人在哪？」其中一名召喚師溫和地問。

「姆姆……伊娃今天跟著主人來參加王子的生日宴會，一時覺得無聊，就出來逛逛，結果不知不覺走到了奇怪的地方，主人也找不到了……」說到這裡，伊娃低頭哭得更加傷心，讓兩位召喚師一陣心揪。

「別哭，我們帶妳去找妳的主人。」

「這裡離宴會廳不遠，很快就可以找到了。妳的主人現在應該也很心急吧？」

「丟下這麼可愛的女孩子不管，妳的召喚師真不是人。」

諾爾跟克羅安無語地看著成功擄獲兩名宮廷召喚師的伊娃，不費一兵一卒便把人帶走了。

「妖精果然不可小看哪。」踏入無人看守的區域後，克羅安忍不住感嘆。

「她跟你一樣是王。」

「這裝嫩裝得真好啊，跟你一樣。奈西的幻獸是不是都有不要臉這個特色？」

諾爾沉默了一下，反擊回去：「那你也是了。」

「……」這次克羅安不再說話。

諾爾一腳踩上眼前的岩牆，藉著牆面略微凹凸不平的部分施力一路往上跳，他本想開扇窗溜進去，但每扇窗都被封死了。

「意外的棘手啊。」克羅安嘖了一聲。

思索了下，諾爾跳到一道可供他穩住身軀的小欄杆上，而後閉上雙眼。

黑霧開始從他腳下漫出，緩緩籠罩附近的窗戶，掩蓋了照進室內的月光。他無聲無息地藏匿於月光無法觸及之處，小心翼翼地在凸出的窗臺與陽臺間飛躍奔行，每經過一扇窗，他都會讓黑霧把落進窗內的銀輝吞噬。他像是一片黑色的雲，貼著建築物不斷繞圈子。

「你到底想幹麼？」就在克羅安納悶地開口時——

「……諾爾？」被木條封死的窗戶另一頭傳來一聲遲疑的呼喚。

聽見這熟悉的聲音，諾爾猛然停下腳步，他跳到窗臺上，一手抓著窗框，瞇眼朝木條縫隙看去。

「艾斯提？」他對著窗戶低喊，驚喜的回應立刻傳來。

「是我！你們眞的來了！太好了……」艾斯提的聲音聽起來有些哽咽。「剛剛正在想怎麼房間變暗了，往窗戶的方向一看就發現黑霧，果然眞的是你。」

「怎麼回事？」

「王族太過害怕烏德克逃走，把他囚禁起來了。」艾斯提傷心地說。「因爲他是世間已知的最後勇者，王族不願有任何閃失。一開始入宮本來還有些自由的，但他們越是了解烏德克的強大，就越是懼怕他會逃避席爾尼斯家的宿命，因此強行囚禁了他。他們把烏德克身上的契文飾品統統沒收，還派了一隻高等幻獸來監視。」

「這也是你，突然消失的原因？」諾爾問。他大概能猜到艾斯提爲何獸間蒸發，艾斯提肯定非常擔心手無寸鐵的烏德克會發生什麼意外，於是才乾脆不回幻獸界。魔族們即使沒艾斯提也能活得好好的，但烏德克不行，艾斯提絕對不會丟下陷入絕境的烏德克不管。

「區區一隻高等幻獸就能制住你們？」克羅安的口吻帶著一絲責備的意味。

「你的召喚師可是S級，實力絕對不輸其他宮廷召喚師。」

「這點我當然明白。」艾斯提苦笑。「我能自由來往幻獸界與人間界，就算沒有媒介，我也能帶幫手過來，但這裡是宮廷召喚師的住所，一個S級再怎麼強，也敵不過好幾個S級。」

說到這裡，他的語氣轉爲哀傷：「其實本來還是有辦法的，因爲有勒格安斯。勒格安斯的本體是影子，怎麼可能有人捉得住影子呢？只要讓勒格安斯帶著我們逃跑就好了，可是……」

他摀住臉，聲音流露出一絲痛苦：「我完全沒料到她會在這裡……這怎麼可能……」

「誰？」諾爾忽然有種不妙的預感。

「妖精女王潘妮塔。」艾斯提嚴肅地回答，又拋出一個更加令人震驚的事實：「那位大人原本還是我們席爾尼斯家的幻獸啊！」

「……啥？」諾爾呆了，徹底呆了。

伊娃說過這裡有她的同類，但諾爾萬萬想不到會是妖精女王，而且這名跟魔族八竿子打不著邊的幻獸居然還是席爾尼斯家的。

「妖精女王是光之妖精，正是世上唯一能剋勒格安斯的幻獸，她是純粹的光，沒有影子，也能讓所有陰影無所遁形。她的契文本來應該好好地保存在席爾尼斯家宅邸，不知爲何會落到王族手上……」艾斯提深深一嘆。

「烏德克知道後大受打擊，我們什麼也做不了，只能眼睜睜看著妖精女王逐漸被這世界的毒素侵蝕。妖精女王本來就是不該出現在人間界的幻獸，任何非自然的產物都會削弱她的生命。」

諾爾想起伊娃說過妖精女王近來變得體弱多病，原來元兇竟是王族。像這種金色等級的幻獸被召喚到的機率微乎其微，更不用說是交出自己的契文了，可偏偏她的契文被王族所掌握，伊娃得知的話肯定會很難過。

「王族知道他們差點毀了整個妖精之國嗎？」克羅安激動起來，聲音充滿憤怒。「沒有光之妖精製造的幻象，任何幻獸都能入侵妖精之國！之前來自龍族的危機雖然解決了，但如果又有其他幻獸發現他們，進而舉國進犯，那妖精還承受得住嗎？就是這樣我才討厭貝卡家，他們從沒尊重幻獸過！」

艾斯提長嘆一聲。「他們也從沒尊重過席爾尼斯家，再這樣下去，烏德克這輩子就要在這裡度過了。平時已經夠衰小了，現在整個未來都給他衰小了，這誰受得了啊？這傢伙真的是運氣不好，連待遇也是歷代當上宮廷召喚師的勇者裡最糟的一個。」

諾爾一邊默默聽著，一邊開始動手拆掉用來封死窗戶的木條，他拔起一片，製造出的噪音有些大了，頓時讓兩名魔族驚慌起來。

「你小聲一點！要是被S級發現該怎麼辦哪！」

「多帶一點人手再過來吧！」

諾爾自顧自拆起第二塊木板。就在此時，他們身後傳來一聲叫喊：「什麼聲音！有人入侵了嗎？」

「這裡怎麼會沒人守備？該死！」

「你們快逃！」艾斯提驚慌不已地拍拍窗戶。「與宮廷召喚師對上絕對沒勝算的！被抓到也會暴露奈西的身分，快走！」

諾爾點點頭，他翻身一跳，化為黑羊帶著克羅安以最快的速度離開。

現在被抓到絕對是最糟的結果，他不能讓這種事發生。不僅是為了奈西，也是為了十八年來努力守住祕密的烏德克。

另一方面，回到宴會廳中的奈西也遇上了突發狀況。

「你怎麼會在這裡？」

修迪略帶不善的質問響起，臉上雖然仍保持微笑，但聲音已經完全透露了他的不歡迎。

然而，這句話不是對著奈西說的。

「哎呀，別這麼無情嘛，我也住在這裡，今晚開宴會，我沒事來逛逛不行嗎？」回話的人誇張地嘆息一聲，露出了寒心的表情。「我還以為賢明的王子殿下不會因身分地位而差別對待賓客呢，沒想到還是會啊。我的心都碎了……」

他仰天扶著額，一副傷心到快暈倒的樣子，讓修迪臉上的笑容再度崩壞了幾分，可又不得不維持住形象。

因爲此時所有賓客的視線都集中在他們身上。

這名不速之客一進來就吸引了眾人，奈西找了個視野良好的地方看熱鬧，隨即也被這個人嚇了一跳。

對方是一名成熟男子，臉部線條完美無缺，薄唇性感勾人，寬鬆的衣服微露出那精實的肌肉線條，而就像是怕自己的魅力太過火似的，男子以黑布條遮住了雙眼。

如此一來，反而令他更加引人矚目，且讓人無法不注意的是，他的身旁還跟了一大群蛇。

十幾條蛇有如小弟一樣尾隨在他身後，不斷對周圍的賓客不懷好意地嘶嘶吐信，造成了騷動，男子雖然被投以無數傾慕的目光，但沒有人敢靠近他。

修迪顯然已經處在爆發邊緣，他抽著嘴角，拳頭也握了起來。「你與你的朋友們讓我的賓客感到不安了，請你出去。」

「嗯——我想應該只有這些孩子讓他們感到不安吧？我本身可是沒什麼問題的。」男子大言不慚地說，向後趕了趕跟從他的小蛇們。「聽到沒有，人家在趕你們了，快走吧。」

「還有你。」修迪的聲音冷到不能再冷。

在王子再度下了逐客令時，一道欣喜的聲音從人群中傳過來。

「這不是亞蒙嗎？好久不見啊。」

一抹纖細的身影從群眾之中步出，正是龍王莉芙希斯。她高興地走到名爲亞蒙的男子身邊，自顧自寒暄起來。「我以爲你不會出現了呢，能再見到你眞是件令人高興的事。」

被蒙住眼睛的亞蒙準確地將頭轉到莉芙希斯所在的方向，向她親切地問好。

「哈哈，這是當然的，要是我離開了會有多少小姐爲我哭泣啊？」男子攤了攤手，無可奈何地笑著表示。「爲了不讓這個世界的少女哭泣，我只好留下來了。」

「你還是一樣猥瑣不要臉啊。」莉芙希斯十分爽朗地發表感想。

被晾在一旁的修迪身子微微顫抖，像是在壓抑滿腔怒火一般，拳頭握得死緊，只差一步就要揍人。最終，修迪選擇轉身離去，若是再跟這傢伙多講一秒話，他就眞的要爆發了，在如此重要的場合他不能失去形象。

「那個人是誰啊？」跟在爺爺與龍王召喚師身邊的伊萊無語地問。

「你不需要知道。」納尤安望著亞蒙，目光冷酷。「不過是隻大勢已去還在苟延殘喘的鼠輩。」

「王族眞是什麼人都有啊……」在角落觀看的奈西重新回到人群中，尋找不顯眼的地方繼續釋放烏鴉。當然，他沒忘了要一隻烏鴉跟著那名奇怪的蒙眼男子。

他走到陽臺召喚出烏鴉，正要放手讓烏鴉飛出去時，忽然有其他人也來到這裡，害他嚇得立刻把烏鴉藏進召喚師袍。

「嘎嘎！」受驚的烏鴉在袍內慌亂地拍著翅膀。

「你乖，別鬧——」他連忙安撫烏鴉，心虛地瞄了走過來的那對男女一眼，對方向他投以一個莫名其妙的眼神後，緩步離開另尋談天之處。

奈西鬆了一口氣，再次將烏鴉放出來。

「抱、抱歉……快走吧。」他伸出手，烏鴉隨即飛入黑夜中。

再放個幾隻他就差不多要離開了，讓幻獸們在這個S級巢穴進行地毯式搜索，奈西其實相當憂心，然而除此之外沒有其他辦法，他只能祈禱諾爾他們不要有事。

「拜託你們了……一定要找到他。」望著這座華麗而空虛的宮殿，奈西低聲喃喃。

一想到烏德克可能步上了水龍巫女的後塵，他的心就宛如被狠狠揪住似的，疼得難以忍受。那是他最敬愛的長輩，唯一願意給他家人般溫暖的人類，他可以忍受彼此不再相見，但絕不能忍受烏德克受傷害。

忽然，一隻手用力地抓住他的手臂，將他拉了過去。

一張神情冰冷的臉龐出現在奈西眼前。

「你在這裡做什麼？」

會對他出現在這裡提出質疑的，全天下只有一個人。奈西被修迪嚇得僵在原地，一時無法言語。

「你不說？很好，我現在就叫守衛抓住你這個擅闖宮廷的入侵者——」

「不、不行！我是跟著芬里爾家進來的，我有權待在這裡，放開我！」奈西奮力甩開修迪的手，下意識退到了欄杆旁。

這裡除了他倆沒有任何人，所以修迪完全褪下了和善的面具。他瞪著奈西，隨後哼了一聲，嘲諷地笑了。

「你不可能是爲了慶祝我的生日而來吧？你到底有什麼目的？難道你想告訴我，你不是孤兒，因爲你加入芬里爾家了？」

有一瞬間，奈西差點就要向修迪詢問烏德克的下落，不過很快便打消這個念頭。烏德克要他提防芬里爾家與貝卡家，肯定不是沒有理由的，他不能讓修迪對他們之間的關係有任何懷疑。

「看樣子你無論如何都不肯老實說呢。」修迪瞇起眼。「你總是這樣，什麼都不在乎，一旦遇上自己眞正執著的事卻會固執到底……如果你的意志這麼堅定，爲何當年沒有看好你的幻獸！」

奈西愣了愣，面對忽然發起脾氣的修迪，他說不出話。

或許是被亞蒙壞了心情，也或許是應酬酒喝多了，在了解自己眞正模樣的故友面前，修迪不再有所顧忌，一把抓住奈西的雙肩，奈西頓時嚇得抓緊了欄杆。這個情勢讓他異常緊張，因爲只要修迪用力一推，他很有可能就會從陽臺摔下去。

「我一直很崇拜你……一直一直……」掐在肩上的力道讓奈西感到難受，可是他無法忽視修迪痛苦的神情。

「大家都覺得你跟伊萊平分秋色，但我完全不這麼認爲。伊萊根本比不上你，你才是我心目中最優秀的召喚師。可這樣的你居然犯下了召喚師最不該犯的錯誤。強悍又怎樣？若不能控制幻獸，不過是個魔力容器罷了。因爲你的召喚，我的幻獸才會死！」修迪控訴。

「就因爲你太過信任幻獸，才會讓大家遇到危險，相信你是我這輩子最大的錯誤。像你這樣的召喚師根本不該存在，可是爲什麼你還在這裡？擁有這麼危險的能力，你應該早已被幻獸反撲了才對，結果不但沒有，還收服了人人畏懼的災厄之龍，年僅十八歲就考上了A級召喚師，爲什麼！」

沉默良久後，奈西才緩緩開口：「對不起。」

他伸出一隻手放到修迪的手上，修迪的身子震了一下。

「當年的事，眞的很對不起。現在的我已經有能力控制強大的幻獸，不會再犯這樣的錯。而我……依然跟當年一樣，選擇了相信幻獸。我之所以能有今天，都是因爲跟幻獸互相信任、彼此扶持。」

修迪哼笑一聲，語氣很是不屑：「你用了我們家先祖創造出的契文，還敢跟我說你相信幻獸？沒有契文你早就死了，不要只會說大話。」

「我……」

「A級又怎樣？實力就能證明一切了嗎？我將會擁有整個國家、主導整個召喚體系，到時候我才是正確的！你不是很想知道我爲何老是找你麻煩嗎？那我現在告訴你。我恨你摧毀了我的崇拜，恨你殺了我的幻獸，更恨像你這樣的召喚師！以前我總是跟在你身後，當你的影子，現在，換你當我的影子了。我要讓你一輩子都臣服在我的腳下，讓你不得不放棄自己那相信幻獸的愚蠢信念！」

說完最後一句話，修迪大力搖了奈西一下，讓原本已經半個身子探出欄杆外的奈西一個踉蹌，腳步不穩地向後一滑，整個人從陽臺摔落。他驚恐地瞪大雙眼，反射性朝修迪伸出了手。

修迪一反方才的憤怒，嚇得趕緊伸手要抓住奈西，但還是慢了那麼一步。

就在這一刻，一道身影從陽臺另一側飛躍而出。

「我的天啊……」

誇張的嘆息聲從一樓傳來，伴隨著烏鴉嘎嘎的驚叫聲。

「王子殿下，你這也太誇張了吧？人家到底是做了什麼讓你氣到要謀殺他？」

奈西睜圓了眼，臉色慘白無法言語，他呆愣愣望著方才在他摔下陽臺的瞬間衝出來救援的男子，腦袋一片空白。

被黑布條蒙住的雙眼、浮誇的言行舉止，此人正是之前惹怒修迪的神祕男子亞蒙。他打橫抱著奈西，抬頭望向仍一臉錯愕站在二樓陽臺的修迪。被奈西派去跟蹤的烏鴉像是已經跟男子結為同盟似的，安穩停在他肩上。

「不……我……」修迪氣勢全失，先是低頭看看欄杆，再看看嚇壞的奈西，臉上的表情就好像完全不知道奈西剛才站在陽臺邊緣的樣子。

奈西看得出來，讓他從陽臺摔落絕對不是修迪的本意。才剛要人家臣服，下一秒就把人家害死，這仇是報還是不報了？

亞蒙也低頭打量奈西。「你沒事吧？看起來嚇得不輕啊，眞可憐。」

「謝、謝謝……我……」稍稍回過神的奈西挪動身子，想擺脫亞蒙的懷抱，碰到男子冰冷的肌膚後頓時一愣。

「你眞是太讓我失望了，王子殿下。年紀輕輕就學會害人，還是跟你同齡的孩子。」亞蒙把奈西放下，將他擋在身後。「前任王儲會對你很失望的。」

「閉嘴，不要跟我提到那個人！」修迪怒吼一聲，接著看了奈西一眼。他的眼神有些複雜，最後默默轉身離去。

見修迪離去，奈西才鬆了一口氣，他抬首看向眼前這名有些奇怪的男子，不知所措地開口：「謝、謝謝你，我——」

說到一半，他的目光落在亞蒙肩頭的烏鴉身上，話也跟著停住。

「這隻烏鴉是你的吧？」亞蒙好笑地說，奈西的反應已經完全暴露了。他將烏鴉塞到奈西懷裡，低聲問：「爲什麼要跟蹤我？」

「我……」奈西捧著烏鴉，低下頭吞吞吐吐。雖然想解釋，卻結巴了半天說不出半個字來。

「如果是因爲我太帥，忍不住派烏鴉窺探我的話，那可能得讓你失望了。男人是有很多祕密的，可不能輕易讓你知道。」

奈西無言以對，看樣子這傢伙的臉皮厚度跟諾爾有得拚。

「放心，我不會說出去的。我很善良，這件事可以當作沒發生過。」亞蒙笑了笑。「不過還是快把烏鴉收回去吧，金髮的召喚師很多，帶著烏鴉的金髮召喚師卻很罕見，尤其是在這個勇者即將終結的時代裡，像你這樣的孩子已經如青鳥般稀有，別被人給抓進籠子裡了。」

奈西心頭一驚，連連後退好幾步。「你……」

亞蒙輕笑。「別擔心，我不會對你出手的……不過，也只是現在呢。」

奈西可以感覺到那對被遮住的雙眼正盯著他，彷彿在試探。

「我不喜歡打草驚蛇。會召喚烏鴉的召喚師很多，有一頭金髮的召喚師也很多，所以我姑且當作是個巧合。但若你是眞正的勇者——」男子的手指點向奈西的胸口，語氣充滿了肯定。「你必定會再度回到這裡，因爲你的胸口住著勇者的靈魂。」

奈西愣了愣，在他開口說些什麼前，男子已經轉過身，朝他揮揮手。「就這樣，有緣再見吧。千萬要小心王子啊，那傢伙看起來很執著於你，八成是那種愛不到就要殺掉的恐怖情人，別被纏上了。」

「……」

奈西讓烏鴉回到深淵，正打算返回宴會廳時，發現宴會廳傳來了騷動。這讓他相當緊張，畢竟他放了一堆幻獸在宮廷內亂跑，想不引起騷動也很難。

他快步走回宴會廳，裡面又跟先前亞蒙現身時一樣，許多人圍成了一圈，對被包圍的主角議論紛紛。

奈西努力擠進人群中，看見眾人討論的對象是誰後，頓時嚇壞了，連忙衝進包圍圈中心。

「伊娃！」他飛奔到哭哭啼啼的伊娃身邊，伊娃一看見他立刻撲了上來。

「嗚嗚奈西西，終於找到你了！」

他愣了愣，輕輕回抱住伊娃，正當他疑惑著為何身為使魔的伊娃會發生找不到他的情況時，周遭七嘴八舌的議論聲大了幾分。

「這不是那個擁有災厄之龍的孩子嗎？」

「芬里爾家的召喚師不需要妖精吧？」

「好漂亮的妖精啊……」

「你家幻獸在宮廷中迷路，又找不到你，急得哭了呢。身為一個召喚師，不，身為一個男人，不該放著一個這麼可愛的女孩子不管。」

奈西一頭霧水地聽著帶伊娃回來的宮廷召喚師說教。

伊娃回歸原主後，看戲的賓客們一個個靠了過來，不少目光落在伊娃身上。

「少年，你是怎麼獲得這隻妖精的？」

「呃，隨機召喚到……」

在場眾人紛紛驚呼。

「眞假！我出錢和你買她的契文！」

「誰跟你出價，我就用他兩倍的價錢跟你買！」

這些發言讓奈西聽得不太舒服，而伊娃也被眾人露骨的眼神盯得變回巴掌大小，縮到了奈西身後，嬌小可愛的模樣更是引起陣陣驚嘆，喊價的人越來越多。

「抱歉，她是我的家人，不賣的。」即使奈西已經說得這麼明白了，那些有權有勢的召喚師仍鍥而不捨，讓他十分困擾。

他開始考慮要不要叫出會引起恐慌的那位保鑣，但那傢伙可能一出來就會大聲嚷嚷「這麼想要契文人人發一個」，強迫大家收下他的契文，然後芬里爾家的人就會暴怒大吼「誰敢召喚誰就死」，想到這混亂的場景，奈西便忍不住頭痛。霍格尼從不適合這種需要考慮周到的場合，這也是爲什麼今天沒有召喚他的原因。

「吵什麼吵，不過是祖先打贏了戰爭，就可以把我們當商品買賣呀？這麼想要契文，我的契文人人發一個。」一句嘲諷的話語響起，眾人聞聲看去，正是莉芙希斯。聽她這麼說，芬里爾家的召喚師臉都黑了。

「……」聽到這句本該由霍格尼說出口的臺詞，奈西眞心覺得龍族果然都很不怕被召喚。

「你們這些召喚師不是老想要強大或者好看的幻獸嗎？既然如此，召喚我不就得了？還能根據你們的喜好改變外貌呢。」似乎是酒有點喝多了，莉芙希斯持著酒杯，臉頰略顯紅潤，她帶著愜意的微笑，越說越大聲：「幹麼？怎麼現在沒人說話了？我還是夢寐以求的金色等級呢！」

「莉芙希斯！」龍王召喚師對她板起臉孔，低喝一聲。

龍王瞄了他一眼，笑了笑，將手上的酒一飲而盡。

「抱歉啊，我的召喚師不准我亂講話了。這該死的契文眞是麻煩啊……」她乖乖回到自家召喚師身邊，龍王召喚師一反私下在龍王面前窩囊的姿態，以凌厲的眼神瞪向每一個朝莉芙希斯看過來的賓客，萬夫莫敵的氣場展露無遺，所有人都乖乖移開視線，尷尬地繼續做自己的事，也沒再找奈西麻煩了。

有個召喚協會的成員，而且還是身爲幻獸界代表的幻獸在這，眾人也不好意思再說些令幻獸們不舒服的話。

爲此奈西鬆了一口氣，對莉芙希斯投去感激的目光，然而龍王的注意力早已不在這裡，只見她像是誇獎小孩似的拍拍龍王召喚師的背，龍王召喚師的氣勢消失無蹤，垮著肩膀眼神已死。

看著這幅畫面，奈西更加確定自己走的路沒有錯。

「我們已經不再需要契文了。」即使契文仍存在，幻獸與人類之間的關係也早就與過去不同，無論是對市井小民或是立於頂點的召喚師來說，皆是如此。

奈西摸了摸坐在肩上的伊娃那小小的頭，忍不住露出微笑，低喃道：「總有一天，這個世界會迎來幻獸與人類互相理解的時代。」

「你這傢伙的獸形也太大隻了吧！就算跑得快，長這麼大隻誰看不見啊！」

「我算小了。」

宴會廳的騷動與此刻發生於宮廷另一端的騷動比起來，根本是小巫見大巫。

一團黑影正以飛快的速度在長廊上狂奔，後方還跟了好幾隻幻獸。

「再這樣下去就要被追上了！」克羅安慌亂地拍了拍翅膀，後面的幻獸他都不敢看了，宮廷召喚師召喚出來的幻獸能弱到哪去？被抓到就死定了。

諾爾急忙繞過一個轉角，試圖藉由轉向擺脫追兵的視線，可這才一轉，便看到前方幾公尺處有一名蒙著眼睛的男子正朝一條蛇自言自語。

「什麼？宴會廳裡有美若天仙的妖精出現？你怎麼現在才告訴我！」男子的語氣聽來有些懊惱，當他注意到諾爾時，諾爾已經迎面而來，以巨大的身軀直接撞飛他後繼續向前奔馳。

「你剛才撞飛什麼東西？」克羅安驚魂未定地往後瞄了一眼。

「不知道。」諾爾淡定地說。

「你就是這樣撞飛所有來討債的幻獸對吧？你這傢伙怎麼惡劣成這樣！」

「我很善良，不撞主人。」

「這只會讓我覺得你更惡劣！」

「快被追上了。」

「啊啊你不要跟我說話！」危機當前，向來冷靜的克羅安腦袋完全亂成一鍋粥，此時的他就是隻驚弓之鳥，不斷嘎嘎叫著胡亂拍翅，還差點撞到一根柱子。

不過王終究是王，在諾爾閉嘴後，他很快找回一些理智。

「跟我來！」克羅安開始有目的地飛行，諾爾跟隨在後，過沒多久，他們來到了一棟幾近三層樓高、有著落地窗的建築前。

「撞爛它！」克羅安大叫，諾爾二話不說用最擅長的猛衝一鼓作氣撞毀了整扇窗戶，霎時玻璃碎裂聲劃破夜空，諾爾飛快地衝了進去。

一看見房間裡面的擺設，諾爾下意識踩了剎車，整隻羊在地上滑行了幾尺，掀起一片煙塵後終於停下。

明明身後還有追兵，他卻忍不住東張西望地觀察起室內，因爲這地方出乎意料的大。

此處是個空曠沉寂的大廳，有如被人遺忘一般，到處布滿了灰塵，周圍的窗簾也全被拉上，在諾爾等人破窗而入後才帶來一絲月光。

「……誰？」一個隱含期待的聲音從旁傳來。

諾爾循聲看去，這才發現大廳的正後方有一道臺階，一座拱門靜靜佇立在臺階上，聲音正是從裡面傳來的。

「是我！」克羅安大叫一聲，然後對諾爾下令：「撞破對面的窗戶！」

諾爾疾行而去，再度猛然撞碎整扇窗，經過拱門時，他好奇地瞄了一眼，門內確實有道身影，但他沒看清楚是什麼。

「可惡！跑去哪了！」沒多久，追兵趕到，對於怎樣都抓不住這兩隻看似不強的幻獸，這些宮廷召喚師的幻獸都氣壞了，高傲的自尊心不允許他們空手而歸，一進來便氣呼呼地向拱門內的人問個究竟。

「你有看到人嗎！」

門內的人指向方才諾爾撞破的窗戶。

「有喔，一團黑壓壓的身影朝那邊跑去了。」

「嘖，快追！別讓他們跑了！」

幻獸們浩浩蕩蕩地從另一頭離開，整個大廳再度恢復寧靜。

確認再無追兵後，化為人形的諾爾與克羅安從華麗的吊燈上躍下。

「謝了。走吧，諾爾。」克羅安催促著諾爾從他們最初進來的窗戶出去。

諾爾瞥了眼拱門內，這裡太暗了，他看不清對方的身影，不過還是跟著道了聲謝，然後疾奔而出。

現在可是分秒必爭的時候，有什麼疑問可以之後再提，逃跑才是首要之務。

當他離開時，似乎聽見拱門後傳來低沉的輕笑聲。

「那誰？」擺脫追兵後，諾爾還是好奇地問了句。看樣子克羅安早就知道那裡有能幫他們的人在，不過他也不意外克羅安認識宮廷的人，畢竟烏鴉向來是勇者的基本配備，克羅安服侍的必定是地位較高的魔族召喚師。

「沒出息的東西。」克羅安的聲音有些咬牙切齒。「這不重要，快走！現在是好機會。」

他們在屋頂奔馳，越來越多烏鴉跟上他們，諾爾一路跑上城牆，站在高聳的城牆上，克羅安大喝一聲：「跳！」

諾爾不疑有他，大步一跳，從幾層樓高的牆上飛躍而出。

霎時一群烏鴉圍了過來，紛紛伸爪抓住他，減緩他的墜落速度。他像隻開了降落傘的山羊，從高處慢慢降下，最後輕巧地落於地面。

望了一眼身後的高牆，諾爾這才鬆了口氣。幸好他成了魔族，雖然對上S級幻獸依舊毫無勝算，但他在黑夜中的行動能力可是S級的，而且還有熟悉宮廷的烏鴉BOSS協助。

他們趕到與奈西約好的地點，奈西早已等候許久。在龍王出面解圍後，奈西便以帶著伊娃避風頭爲由提早離開了宴會廳，終於等到諾爾出現，他立刻焦急地上前關心。

「沒事吧？有沒有受傷？被發現了嗎？」他摸了摸諾爾的臉，像是要檢查有無負傷一般，而當奈西要收回手去檢查下一隻幻獸時，諾爾卻抓住他的手，讓他的手繼續貼在臉頰上，還陶醉地蹭了蹭。

「我們都沒事。」克羅安嫌棄地瞄了諾爾一下。

「是嗎？那就好。」奈西眉頭一鬆，放心地笑了。他一邊摸摸諾爾的頭安撫，試圖抽回自己的手，一邊詢問：「有見到烏德克嗎？」

「沒，但我們知道他發生什麼事了。」克羅安凝重地說。

諾爾點點頭，一把圈住奈西的大腿將人抱起來，讓他坐到自己的手臂上。「回去說。」

「嗯。」奈西乾脆地同意，見諾爾他們嚴肅的樣子，他也能料到事情肯定不太樂觀。

接下來究竟該採取什麼行動，就等諾爾他們的說明了。

回到家後，諾爾與克羅安將艾斯提所說的一切全部告訴奈西。

「……」

奈西站在原地，臉上的表情有些茫然。

他的預感成眞了。

烏德克眞的步上了水龍巫女的後塵，淪爲成就這個烏托邦的犧牲者，而烏德克自己也知道。

「奈西，眞正的勇者早已不存於世上，因爲勇者的意義早就被扭曲了。」

烏德克曾經以失落的語氣對他如此說道。如今回想起當時的話，奈西只覺得想哭。

扭曲勇者的意義的，不是他們，而是這個國家。在這個沒有魔王的世界，空有力量的勇者存在的意義早已變質，烏德克身爲世間已知的最後一位勇者，獨自守在那幢曾經輝煌一時的宅邸十幾年，一邊體會著勇者末路的淒涼，一邊等待著終將被囚禁的結局。

「爲什麼……」奈西的視線模糊起來，明明說好不要再當個愛哭鬼，他仍忍不住痛哭出聲。「爲什麼要這麼做……你不需要自己承擔一切啊……你還有我啊……爲什麼……」

他拿出艾斯提交給他的黑色鑰匙。

「我要回去。」他的眼眶泛紅，雖然雙頰布滿淚痕，語氣卻堅決無比。當聽到他用了「回去」這個說法時，諾爾便知自己再也阻止不了了。

「他獨自承擔的一切以及藏起來的祕密，我統統都要知道，這是我的義務。」

諾爾深深嘆了口氣。

他俯下身，近距離凝視著奈西的雙眼。「眞的好嗎？」

奈西用力點點頭。

諾爾再度嘆息一聲，揉揉奈西的頭。

「他瞞了十八年，可在眞正認識奈西以後，他卻陷入了迷惘。他不知道自己做的是否正確，因爲他的所作所爲不過是將自己的期望強加在奈西身上，他不知道奈西是否想要這樣的人生。」

艾斯提曾經說過的話迴盪在諾爾心中。

他從不覺得烏德克是錯的，若是他也會這樣選擇。但艾斯提說的沒錯，奈西有權選擇自己想過的人生。

如果奈西打算開啟命運的大門，無論彼端通往的將是哪個未來，他都會跟著赴湯蹈火。

因爲他的人生早已獻給了奈西。

第八章

隔天放學，奈西一下課便乘著霍格尼，帶上諾爾與伊娃朝席爾尼斯家飛去。

霍格尼聽說昨天的事後，馬上不爽起來：「爲什麼不召喚我！這種事該老子出馬才對！」

「你跟潛入不合。」奈西無奈地直言。

「潛入是，魔族的專長，鬧場也是。」諾爾說。「所以根本用不到，你。」

「你這小子想打架是吧！別以爲在我背上我就打不到啊！」

「霍格尼不要欺負羊羊諾爾，小心伊娃毒你！」

「千萬不可以！要是霍格尼墜機，我們都死定了啊！」奈西驚恐地制止。

他眞不知道爲何自家的幻獸們常常會吵起來，有的天生嘴巴壞，有的沉不住氣，他都快勸到麻木了。不過好在他們也只是無聊鬥鬥嘴而已，並不是眞的相處不睦。

像諾爾跟霍格尼之間就有某種奇妙的信任，霍格尼相信諾爾總有一天會回歸，諾爾也相信霍格尼能好好保護奈西，之前鬥個你死我活的劍拔弩張都消失了。他問過諾爾原因，諾爾一臉理所當然：「因爲我們是幻獸。」

見他露出不解的表情，諾爾解釋：「我們只是，立場不同，爲此一戰而已。如今他跟我，立場相同。而我也，了解他的難處，因為是幻獸，所以了解。」

當時奈西還不太明白，但經過昨天的事，他似乎有點懂了。

就像龍王主動為伊娃解圍，一心一意想替幻獸發聲那樣，在召喚體制下，幻獸們的立場是相同的。儘管幻獸之間有著明確的食物鏈，不過面對名為召喚的敵人，他們都是戰友。

諾爾很清楚霍格尼的痛苦，所以他能一瞬間看出霍格尼的心思，毫不猶豫把自己的召喚師交給對方。

縱使許多幻獸總是說被召喚習慣了，然而這並不代表他們喜歡這件事，沒有人會喜歡一直被當成免費勞工的。

奈西覺得自己有必要好好思考這個問題。他一一望向自己的幻獸們，雖然此刻他們顯得輕鬆愜意，但那是因為他們的召喚師是他。

他的召喚僅能拯救少部分幻獸，若要拿來和整個召喚囚籠相比，力量依舊太過渺小。

他忽然能理解龍王的無力感。

想要改變整個召喚界，並非憑藉一己之力就能做到。

「到了喔。」伊娃的聲音喚回奈西的神智，他定睛一看，席爾尼斯家寬闊荒涼的院子已在底下，霍格尼盤旋了幾圈後降落。

他們落在席爾尼斯宅邸的前院，曾經輝煌一時、教科書中從沒少提過的傳奇英雄家族，如今所屬的領地就像座荒廢的死城。

廣大的庭院寸草不生、陰風陣陣，莊嚴的宅邸牆壁斑駁，上面攀了不少雜亂的藤蔓，窗戶上也布滿一層厚厚的灰塵，整座莊園彷彿被遺忘許久似的，不知情的人恐怕會以爲這裡是棟廢棄的鬼屋。

想到烏德克獨自在這守了十八年，奈西忍不住鼻頭一酸，邁開腳步走向席爾尼斯家的大門。

古老的大門就像是要守住席爾尼斯家僅存的一切般，厚重的門扉緊閉著。奈西取出精緻的黑曜石鑰匙，深吸一口氣，緩緩插入鎖孔。

命運的大門爲他敞開，清冷的大廳出現在眼前。

席爾尼斯家的內部裝潢華而不奢，可以想像這棟宅邸過去有多麼輝煌繁榮。如今所有擺飾像是失了生氣，默默等待著灰塵掩蓋，多數家具也都褪色了，脆弱不堪地靜立。

死寂的氣氛完全透露出這裡無人居住的訊息，然而室內仍比外面要乾淨得多，看得出來有經過最低限度的打理。

在奈西沉浸於哀傷裡的時候，諾爾忠實地表達他的感想：「這裡根本，深淵建築。」

死氣沉沉，整座房子充斥要死不活的氛圍是深淵建築的特色，諾爾沒想到席爾尼斯家跟魔族好到連房子也走同樣的風格。

「以前從沒少聽過芬里爾那群混帳說這裡是陰宅，看樣子所言不虛。」霍格尼掏了掏耳朵。

「嗚嗚……伊娃覺得不舒服……」毫無生氣的環境讓伊娃面色有些蒼白，她縮回巴掌大小飛到奈西肩上，靠著他的肩窩。

奈西摸了摸伊娃的腦袋，語氣流露出一絲擔憂：「要不要先回去？」

伊娃用力搖搖頭，奈西只能苦笑。他家的幻獸一個比一個固執。

他帶著三隻幻獸開始探索這座宅邸，席爾尼斯家的大宅與伊萊家一樣都有擺放雕像的平臺，差別在於一個確實擺了雕像，一個則反之。

平臺上一座雕像都沒有，奈西想起在走進大門前，也看見豪宅前有兩道臺座，上面同樣空空如也，除此之外，其他都很正常。

長廊兩側的牆面掛著許多畫，大多是描繪魔族的模樣與深淵的景色，張牙舞爪的魔族與陰森的深淵場景更爲整棟豪宅增添一份恐怖感，這裡被說成陰宅不是沒有理由的。

但對於與魔族感情不錯，現在又克服了高等幻獸恐懼症的奈西來說，這些畫倒是讓他感覺滿親切的。他可以想像諾爾目前住在什麼地方，以及那些魔族朋友長什麼樣子，他們之間的距離因此被拉得更近，讓他更了解諾爾的世界。

他甚至發現了克羅安的畫像。

「姆姆，是克羅安！」伊娃興奮地指著那幅畫像。裡頭的克羅安站在樹梢上盯著前方，四周圍繞著幾隻黑色烏鴉，全都散發出不好招惹的氣勢，而克羅安高貴凜然的姿態更是展露出他的不凡。

「……勒格安斯。」諾爾很意外會在此處看見勒格安斯的畫像，騎著駿馬、高舉寶劍抱著頭盔的勒格安斯乍看之下非常帥氣，完全讓人聯想不到那幼稚的性格。

「咦？」從長廊底端走回來後，奈西才發現大廳後有個房間，拱門式入口被深紅色的簾幕掩住，看似十分低調。

奈西掀開了簾幕，然後——

他雙目圓睜，整個人僵在原地。

這是一個掛滿畫像的房間。只不過跟長廊上的畫像不同的是，畫中的主角都是勇者。

一幅幅畫像被整齊排列在牆上，雖然每張畫像的主角都頂著一頭金髮，身披黑色召喚師袍，但每位勇者皆擁有不同的神態，從這些細微表情可以大概看出各自是名怎樣的召喚師。

「席爾尼斯家的人不都被稱爲勇者嗎？要塞下所有勇者的畫像也太困難了吧？這些都是啥人？」霍格尼納悶地問。

「……眞正的勇者。」

諾爾忽然開口了，他看了奈西一眼，發覺奈西的注意力早已完全被其中一幅畫所吸引。

畫中的主角同樣是一名金髮召喚師，男子英俊的臉龐上帶著淺淺微笑，眼神溫和內斂，看起來是位兼具智慧與氣度的召喚師。重點是——他長得跟奈西有幾分神似。

「這個人……」就好像被這幅畫攫住了一般，奈西痴痴望著畫中人，連話都忘了如何說。

諾爾嘆息一聲，不太情願地說明。

「他是前任魔王召喚師，同時也是，你爸爸。」

「……我爸爸？」奈西呆呆看向諾爾，聲音充滿了茫然。「我的爸爸是……魔王召喚師？」

一時無法消化這個訊息的奈西呆住了，整個人像是石化一般。

諾爾點點頭。

「這個房間都是，魔王召喚師，被魔王選上的勇者。他們跟你一樣，身上有著，魔王的契文。」

接連而來的消息讓奈西措手不及，雖然他早已有心理準備，但是當眞相揭曉，仍讓他有如五雷轟頂。

「那……他人呢？」

「他死了。」諾爾直截了當地說。「爲召喚魔王而死。奈西，召喚魔王，從來不需要，什麼實力。只要契文刻於身，便可召喚。代價是，你的命。」

奈西傻愣愣地看著他。

「你的爸爸，十八年前，聽從王族之令，召喚魔王，征服了水都。」

「什麼？」奈西打從心底發涼起來，他一個箭步上前，揪住了諾爾的衣服，有些激動地質問：「所以是我爸爸侵占了水都？他協助貝卡攻打別人的領土？他可是勇者啊！你不要開玩笑！」

「……沒有錯。他召喚魔王，攻打別人，歷任勇者，也皆是如此。他們召喚魔王，鎮壓幻獸叛亂、擴張領土，因爲他們，貝卡才得以如此強勢。」

「怎麼可能……怎麼可能啊！」奈西的眼眶因憤怒不甘而湧出淚水。「我們是勇者啊！爸爸他，還有其他人，肯定都跟烏德克一樣是眞心愛好和平，是想要與幻獸和平共處的召喚師，怎麼可能做這種事！」

那些掛在牆上的幻獸畫像，以及魔族對勇者的情感肯定都不是假的，現在諾爾卻說，勇者們是負責鎮壓幻獸叛亂的人，也就是說幻獸會落得今天的下場，他們是元兇之一。

「他們當然，不想。但，無法如願。因爲自始至終，席爾尼斯一族，都在王族掌控下。」諾爾輕輕抹去奈西眼角的淚水。「所以烏德克，才會不認你。魔王召喚師的未來，只有死。他是你叔叔，從小飽嚐了，生於勇者家的辛酸，在親哥哥死後，不願再看見下一位犧牲者，於是將你丟在王城一角，讓你衣食無慮，並暗中守護著你。」

奈西終於忍不住情緒，崩潰痛哭。

烏德克不是拋棄他，而是不願他踏上父親的後塵才與他劃清界線。烏德克一個人獨守在這座繁華落盡的宅邸，一邊承受著身爲勇者的悲哀，一邊默默看顧著他，試圖讓他遠離一切關於勇者的事。

「既然我才是魔王召喚師，那他爲什麼會被囚禁！」奈西緊抓住諾爾搖了搖。「我才是他們要的人啊，囚禁他沒有意義啊！」

「有。」諾爾說。「他流著席爾尼斯的血，王族需要延續勇者的血脈，好讓下一位魔王召喚師誕生。」

「……」

「每一代勇者，都會生，兩個小孩。魔王將從同一世代的孩子中，挑一位出來。剩下那位，就必須背負，延續血脈的責任。」說到此處，諾爾握住奈西的手，溫柔地將他拉開。「在烏德克這代，出了點意外。你爸在召喚前，就有了你。每個勇者在十八歲時，便能知曉自己，有沒有被魔王選上。」

奈西想起了烏德克離去前，要求自己脫衣以確認是否有契文的情景。「而你這代，在你十八歲前，就只有你一個人，所以魔王選了你。你，百分之百會成爲魔王召喚師。烏德克無論有多少子嗣，都無法誕生出，魔王召喚師。」

奈西杵在那裡，消化著諾爾的話。

也就是說，魔王會從同一世代裡選擇一位孩子賦予他的契文，而在奈西這代，直到他成年之前都只有他一人，所以魔王選擇了他。他注定會成爲魔王召喚師。

一想到這種選擇方式，奈西便打從腳底開始發冷。

千年來，每一代的勇者都像這樣活在召喚魔王的陰影下嗎？在成年之前，沒有人知道自己的未來會如何。成爲了魔王召喚師，就必須爲了國家犧牲自己；沒成爲魔王召喚師，就必須背負起繁衍後代的義務，然後看著自己的孩子陷入同樣的死亡陰影中。

「過去每一任魔王召喚師，會在三十歲以前，被授命召喚魔王。你若作爲勇者長大，注定活不過，三十歲。」諾爾搭上他的雙肩，以認眞無比的語氣說：「但現在不一樣，你可以活下去。因爲，王族不知道你的存在。只要你，不去當勇者，就可以平安活下去。」

奈西終於明白了烏德克進宮的用意，也明白當初那番話有多麼沉重。

「即使在我看不到的地方，你也要幸福快樂地活著，這是我最大的期望，奈西。」

這句話不是單純的期許，而是烏德克帶著犧牲自我的覺悟說的。他獻出了自己的後半生，只爲讓奈西有個平安快樂的未來。

無論烏德克有多少子嗣，也誕生不出魔王召喚師，因爲在這一代，魔王已經選擇了奈西。然而王族不知道這點，眞要發現這個事實，恐怕也是幾十年後了。

烏德克正是看準這點，才以自己作爲幌子入宮。

只要有烏德克當煙幕彈，人們就不會去懷疑奈西，尤其在奈西越發強大的情況下，更需要這麼做。

奈西終於知道如何才能救烏德克了。

只要他犧牲自己的安穩未來，便能救出烏德克。

突如其來的眞相讓奈西茫然若失，他愣怔在那裡，不知該如何是好。

「你不能，犧牲自己，救烏德克。」諾爾嚴肅地告誡。「否則，烏德克做的一切，會白費。他藏你藏了，十八年。不能讓他的辛苦，白費。」

「所以你要我就這樣看著他一輩子被囚禁在宮中嗎？」奈西哭著說。

「他早有如此覺悟。」

「不……不……」奈西跪倒在地上，抱頭痛哭。

他過去認爲自己孤苦無依，可這個世上竟有那麼一個人暗暗守護著他，那個人過得比他艱辛，卻獨自承擔起一切，如今爲了他，甚至連自己的未來都放棄了。當他知道這一點時，那個人卻早已離他而去，待在他無法觸及的地方。

「王族怎麼會不知道我的存在……這也太奇怪了吧！你說席爾尼斯一族一直在王族的監控下，那他們怎麼會不知道我！」

「……十八年前，你爸奉命召喚魔王，爲了阻止他召喚，你跟你媽成了，水都軍隊挾持的人質，但是你爸最終仍然選擇，召喚魔王，你們母子也因此，被對方撕票。」

奈西頓時呆若木雞。

「所以我爸爸是因爲召喚魔王而死，媽媽是被……水都的人殺死？那爲什麼只有我活下來？怎麼可能？」

「……」

「你知道的吧！艾斯提肯定全都跟你說了對吧，告訴我！」

透過契文感受到奈西的決心，諾爾嘆了口氣，緩緩道來。

「是烏德克。在悲劇發生時，他召喚了，奇蹟的青鳥。所以你，奇蹟似的活下來。」

「青鳥？難道……」奈西猛然想起烏德克在他去水都前給他的藍羽護身符。那時烏德克帶著溫柔的表情說，這根羽毛爲他重要的人帶來了好運。

奈西再次熱淚盈眶。

那個重要的人，原來就是他嗎？

當年在水都，青鳥救了他一命，所以當他再次前往水都時，烏德克才會把這根遺留下來的羽毛交給他，只爲祈求他平安。

當時的情景有如昨日一般，清晰呈現在奈西的腦海中。

在那溫暖的笑容底下，究竟藏著多少心酸與悲傷？

水都涅羅比斯正是害烏德克失去家人的傷心之地，小時候的奈西幸運地撿回一命，卻又選擇去那裡實習，對此，烏德克心中自然有許多難以言喻的苦澀。

可儘管如此，烏德克仍是帶著溫煦的微笑叮囑他，把所有真相藏在心裡。

奈西將臉埋進雙手中，久久不能言語。但他明白，事情還沒結束，他必須知道一切。

「能夠扭轉既定命運的幻獸……肯定是特殊召喚對吧？」他的聲音顫抖著，臉色蒼白地看向諾爾。

「不是特殊召喚，但要扭轉命運，必須付出，相應代價。」諾爾頓了一下，最終仍是說出實話：「他召喚青鳥，想扭轉一家三口，滅亡的慘劇。最終，青鳥只救回了，你。同時他也被賦予了，與之相等的惡運。」

殘酷的事實有如晴天霹靂，奈西睜大雙眼，整個人像是失了魂似的。

烏德克的倒楣已經誇張到令人嘆爲觀止的地步，然而奈西從沒想過那慘烈的壞運不是偶然。

「烏德克……」心彷彿被狠狠揪住，他痛苦無比地低聲呼喚著那個名字，幾乎無法呼吸。

烏德克的恩情，他窮盡一輩子也無法償還。想到烏德克這十八年來所過的生活，奈西再也忍受不住。

「我要救他……一定要。」他搖搖晃晃地站起身，口中不斷呢喃這句話。

「會暴露身分。」諾爾嚴肅地說。「別讓他的苦心，白費。」

「烏德克要我幸福快樂地活下去，但我怎麼可能不管他，自己一個人幸福地活著啊！」奈西激動地大喊。

諾爾嘆息一聲，決定說出另一個不該曝光的事實。

「你有想過，這一代勇者，會遭遇到，什麼命運？」

見奈西呆愣住，諾爾就知道他沒想過。事實上，奈西也來不及去想。

「水都是，極佳的戰略據點，他們占領了水都，下一個目標，就是賽比西林的首都。」

奈西渾身一僵。

「我們沒有時間了，再不奪回來，等魔王召喚師出現就來不及了！」

他想起去年襲擊他的人魚蘿拉說過的話，終於明白了爲何賽比西林的人不顧一切也要把水都奪回。

「如果曝光，你將成爲，征服鄰國的，兵器。」

賽比西林的人懼怕魔王召喚師，貝卡已經占領了戰略要地水都，如果連首都也淪陷，這個國家便正式納入貝卡的掌控了。

賽比西林的人或許不熟悉魔王召喚師，然而千年下來也能摸索出魔王召喚師出現的週期，所以他們很緊張。無論是幻獸還是人類，都不希望失去自己在人間界的家園。

奈西有些理解爲何烏德克對於進宮這件事如此堅決了，如果去救烏德克，就會犧牲掉整個賽比西林與魔王召喚師。烏德克用自己的後半生設下一個騙局，他的子孫或許終究還是逃不過王族的掌控，不過奈西卻可以成功逃離，賽比西林的危機也得以延後。

烏德克不是被選上的勇者，但做出了堪稱勇者的偉大決定。

如果席爾尼斯一族的每個人都擁有勇者的精神，那他這個最後的勇者到底要怎麼做才能保護大家？

奈西忍不住握緊了拳頭。

在諾爾以爲他要放棄時，奈西卻猛然抬起頭，表情異常堅決。

「去救他。」他的眼中充滿堅定的意志，面對該守護的事物，席爾尼斯一族永遠不會退縮。「讓他們知道，我們勇者不是好惹的。」

奈西的決定自然不是毫無理由，他並不打算犧牲自己與賽比西林，事實上，他打算救出烏德克後，兩人就一起投靠賽比西林。

他相信憑他背上的金色契文，賽比西林絕對會提供保護，金色契文的召喚師誰不想要？而且要是奈西被奪回去，國家就要毀滅了，賽比西林一方不會不明白。

諾爾聽了之後也覺得這個方法似乎可行，雖然無法眞正擺脫席爾尼斯家的宿命，但至少可以解決當下的燃眉之急。

當然，奈西知道這麼做必須拋棄現有的一切，充實快樂的學校生活也將宣告結束。如此重要的抉擇，他自然不會不告知伊萊。若是以前的他，或許會因爲身分的敏感性而三緘其口，可是現在的他完全信任著伊萊，就算伊萊出身自席爾尼斯家一直以來的死對頭家族也一樣。

「你說你要離開貝卡？」聽見這個消息，伊萊嚇壞了。「你是認眞的嗎！」

奈西肯定地點點頭，伊萊的腦子頓時亂成一團，不斷思考奈西選擇離開的原因，而他很快想到了一個，於是臉色慘白：「你該不會是因爲不想加入我們家，所以才出此下策吧？」

伊萊原本以爲奈西眞的會加入，畢竟奈西都主動跟他們家一同出席正式場合了，想不到如今居然表示要離開貝卡。

「不是的。」奈西慌張地否認。「因爲我……我要把烏德克救出來。他被關在宮廷，我一定要救他。」

「什麼？」伊萊的腦袋當機了。烏德克被王族控制的事他不意外，幾百年來，席爾尼斯家皆是如此命運。他眞正意外的是，奈西竟寧願跟一堆宮廷召喚師對抗，也要救出烏德克。

「你瘋了嗎？那可是宮廷啊！」當伊萊回過神時，已經抓著奈西的雙肩氣急敗壞地喊了。「到底是發生什麼事，讓你寧可送死也要救烏德克？你是開玩笑的對吧！」

「不是的。」奈西揚起無奈的笑。「我是認眞的，因爲我也是勇者，不可能丟下唯一的家人不管。」

「……什麼？」

見伊萊石化，奈西繼續說下去：「我的全名是奈西・席爾尼斯。我才是最後的勇者，同時也是魔王召喚師。所以我必須逃，因爲總有一天我會被迫獻祭召喚出魔王，摧毀鄰國。」

「……你在開玩笑吧？」

「我沒有開玩笑，伊萊。」奈西平靜地說。「我是被藏起來的魔族召喚師，烏德克是我叔叔。」

他露出有些慚愧的表情。「很抱歉騙了你，我也是前幾天才得知眞相。你們家，我恐怕不能加入了。」

「不……你……」

「知道我來自席爾尼斯家後……」奈西有些擔憂地凝視伊萊。「你會討厭我嗎？」

「怎麼可能！」

見伊萊反射性激動地回答，奈西放心了。

「你——你……唉……」明明有千言萬語想說，還憋了滿腹牢騷與疑惑，但一對上那張笑臉，所有情緒便彷彿潮水撞上了海岸，最終只能投降縮回。

伊萊確實討厭席爾尼斯家，那可是芬里爾家的世仇，可如今人家的招牌召喚師正是他的青梅竹馬，他又能怎樣？反目成仇？別傻了，如果對象是修迪或許可以，可問題是那個人是奈西。

雖然他很希望這是在開玩笑，然而奈西從不是會開這種玩笑的人，況且奈西確實具備席爾尼斯家的特質——一頭金髮，還有多到令人嘆為觀止的魔力。

一想到如天使般善良的摯友是專門召喚牛鬼蛇神的召喚師，伊萊便感到一陣違和，再想到與奈西最要好的魔族是怎樣的傢伙，他更是煩躁不已。

最後他嘆口氣，無奈地說：「去吧。」

「伊萊……」奈西有些意外事情會如此順利，露出了感動的表情。他的真實身分與打算做的事太過驚人，再加上芬里爾家又與他們家水火不容，他以為至少要費一番工夫才能說服，沒想到伊萊竟然這麼快就接受一切。

而伊萊會如此迅速接受，自然有他的理由。

「他是你的家人吧？」

「嗯。」奈西堅定地點點頭。

「那就去救吧。好不容易找到真正的家人，可別放手了。」伊萊明白奈西有多麼希望擁有家人，所以能夠理解奈西對這件事的決心。作為朋友，他衷心期盼奈西能獲得幸福。

「謝謝你。」奈西燦爛地笑了，他主動上前擁抱伊萊，安心地閉上雙眼。「我們一定能再相見的。」

皎潔的明月高掛夜空，黑夜籠罩了萬籟俱寂的貝卡。在宮廷高聳的城牆上，一名魔族召喚師站在那裡，背向月光俯瞰整個宮廷。

他的肩上站著一隻白色烏鴉，身旁站著一名腳下瀰漫黑霧的有角魔族、一隻展開豔紅蝶翼的蝴蝶妖精、一頭高傲霸氣的紅龍。

他們或許不是最強等級的召喚師與幻獸，但此時的行動能力卻是最強的。在有利的條件下，幻獸的戰力多半會提升，而夜晚正是魔族的天下。

即使這裡只有一隻準備出戰的魔族，對他們而言也已經足夠。

「拜託你了，諾爾。」奈西無比認真地對諾爾說，此話一出，眾獸也隨之望向諾爾。

今晚，他將扮演最關鍵的角色。

方才毫無幹勁的模樣已經消失無蹤，諾爾緩緩拔出背後的劍，眼中充滿了沉靜燃燒的鬥志。

一隻A級幻獸或許無法與S級抗衡，不過現在他們是一個團隊。他們要讓世人知曉魔族的可怕。

「今晚不用偷偷潛入了。」奈西伸出手，宣告行動開始。「讓他們知道魔王召喚師回來了。」

第九章

黑色霧氣無聲無息從地面湧現，猶如怨靈般慢慢攀上宮廷的庭院與長廊，漸漸地，大半宮廷都被黑霧所籠罩，伸手不見五指。意識到這點的人們開始不安起來。

「怎麼回事？」

「這霧不太尋常，是哪個宮廷召喚師召喚了什麼嗎？」

「黑霧……難道是魔族？可唯一的魔族召喚師不是已經……」

諾爾走在宮廷的花園中，身後跟著伊娃與霍格尼，肩上站著一隻黑色烏鴉。他安靜地走在最前方，圍繞在他四周的黑霧越來越濃。

「無論是誰，對於未知的情況都會感到恐懼。即使是S級召喚師，在面對不知底細的敵人，也無法發揮平日全部的實力。」

「你的能力跟我一樣喔，將自身隱藏在黑暗中，讓敵人摸不清實力。影子會隨著光線延長縮小，想要透過影子判斷本人的眞面目，根本是痴人說夢，你的黑霧也是——」

「只要人們摸不清你的眞面目，你就是最強的。」

勒格安斯的話迴盪在他心中。

「或許光憑你一人做不到，但是懂得善用你的愉快小夥伴，就算對方是S級也照樣能拿下。」

雙子龍兄弟曾說過的話也浮現心頭。

「走。」他以冷靜的語氣下令：「讓他們知道，我們的強大。」

伊娃與霍格尼隨即飛離。等不及開戰的霍格尼率先飛到空中，深吸一口氣，在黑霧的包圍下驚天一吼。

震天龍吼猶如閃電一般，劃破整個夜空，宮廷裡所有不到A級的幻獸與召喚師統統倒下了。

霍格尼的吼聲就像開戰的信號，敲響了宮廷的警鐘，這下所有人都知道是敵襲了。整個宮廷開始騷動起來，好幾個召喚陣瞬間冒出，幾隻高等幻獸迅速奔向吼聲的來源。

伊娃向上一衝，來到霍格尼方才所在的地方，而霍格尼早已前往下一個區域。孤身一人的伊娃輕盈地轉著圈，在黑暗中跳著優美而致命的舞蹈，花園裡下起細碎的紅雪，第一時間趕來的幻獸與召喚師們一個個在不知情的情況下中招，嘔吐與哀號聲此起彼落。

諾爾站在紛飛紅雪沾染不到的長廊上，舉劍用力揮出，一道附帶魔族之氣的半月形氣刃朝那些被毒得東倒西歪的敵人襲去，其力量強到在花園地面劃下一道痕跡，撞上另一頭的梁柱，黑霧中頓時哀鴻遍野，也有不少倒楣鬼被擊倒，在諾爾準備前往下一區時，災厄之龍的吼聲從另一個方向清晰無比地傳來。

不過短短時間，宮廷內部便亂成一團。

「怎麼回事！」王族成員大驚失色，紛紛跑到宮廷召喚師居住的區域尋求救援。

現在整個宮廷都籠罩在黑霧中，有些人本以為待在室內就沒問題，但霍格尼所過之處，附近的窗戶全被他的吼聲震碎，黑霧因此蔓延而入；諾爾也有意無意地不斷揮劍破壞牆壁與窗戶讓霧氣滲透，宮廷內可說是無一處安寧。

「我們正在查明！請再稍等一下！」實力強悍的宮廷召喚師們急得焦頭爛額，他們當然想抓到兇手，有一堆A級與S級聚集在這裡，就算對方是一隻S級幻獸還怕他不成？頭痛的就是找不到元兇。

他們唯一的線索是霍格尼的聲音，可是循著吼聲追過去的人與獸都吐得東倒西歪，躺在地上抽搐不止，暗中好像還有一股蠻橫的力量在撕裂他們。

他們想要抓住這隻潛伏在黑霧之中，身懷劇毒又擁有恐懼之聲的幻獸，卻沒人摸得清他到底在哪裡，因爲一切都被藏在黑暗裡，且範圍遍及整個宮廷。

即使擁有S級的實力又如何？S級幻獸不是能隨意召喚的，尤其大部分的召喚師魔力量都只足夠召喚一隻，當然要召喚能有效擊退敵人的幻獸出來才行。但眼下的敵人讓他們慌了，因爲他們完全搞不清敵人的眞面目。

他們唯一的希望，便是那位擁有天眼龍王的召喚師，國王的副手納尤安。

「納尤安。」騷動發生後，國王立刻派人把納尤安找過來，並倉促披了件袍子來到大廳，伊萊的爺爺早已在那裡等候。「把天眼龍王叫出來。」

向來對國王的命令說一不二的納尤安沉默了。

傍晚時，伊萊曾經來找過他，那罕見的緊張神情引起了他的注意。

「爺爺……如果今晚發生了什麼事，你可以不要出手嗎？」

「怎麼了？」

「沒什麼……」伊萊的表情顯得有些哀傷。「只是有人，想要親手打破這個烏托邦的幻象而已。」

隨後，像是下定了什麼決心，伊萊認眞地望著他。「爺爺，你眞的覺得國王是對的嗎？」

「……」

「王族把媽媽囚禁在水都十幾年，還廢了她的雙腿。即使如此，你仍是待在那個人身邊，讓他變得更加強大。你這樣無疑是害媽媽更加無法逃離牢籠而已。」

納尤安閉上了雙眼。

他是個典型的芬里爾家召喚師，從出生起就不停在與所有同輩的族人競爭，一生只爲了得到族長之名，然而他失敗了，龍王選了他的表哥。

萬念俱灰的他遇到了天眼龍王天邪，並且跟龍王和龍王召喚師一樣，與天邪進行了交易。他憑藉天邪的強大爬上國王副手的位子，作爲交換，他必須提供自己知道的所有機密情報給天邪。換句話說，天邪一直利用他掌握著國王的動向。

他將後半生獻給了天眼龍王，雖貴爲宰相，卻是聽命於龍族高層的臥底。他的一舉一動都必須遵照天邪的意思，若是破壞這個交易，他將會付出可怕的代價，龍王召喚師亦是如此。

芬里爾家像是戒不掉毒品的成癮者，如果停止召喚，整個家族的榮華富貴就會像海市蜃樓般轉眼消失，爲了維持這個輝煌的美夢，他們什麼事都做得出來。

他們家族是背叛者，貪圖權力而選擇投靠幻獸方，只要能得到渴求的名利，即使葬送所有召喚師的未來也在所不惜。

納尤安這一生都在爭權奪利，也要求自己的孩子這麼做，但他再度失敗了。

在他的高壓教育下，一個女兒走火入魔，爲了得到一切踏上魔道；一個女兒背叛了他，最後被囚禁在他見不到的地方。眾叛親離的他，最後除了權力，什麼也沒有留下。

他彷彿一人星球的國王，孤獨地坐在王位上，明明坐擁一切，依舊空虛無比。他第一次開始思考，自己是不是錯了。

該得的都得到了，他珍視的東西卻一點也不剩。

沉重而疲憊的嘆息從他口中而出。

「十分抱歉，陛下。我稍早前才召喚過他，還在冷卻期間。」

「龍王召喚師大人，事態緊急，請您盡速召喚出龍王吧！」宮廷中龍王召喚師專屬的臥房外，一群宮廷召喚師後輩拍著房門哀聲懇求著。

「那聲音……是災厄之龍吧。是那孩子嗎？原來是席爾尼斯家的啊，眞可惜……」身爲龍族專家，龍王召喚師自然馬上就明白了眞相，不過比起拯救宮廷，他比較在意如果眞的要求龍王幫忙，她會不會因此動怒。

自己的子民好不容易逃脫了召喚囚籠，莉芙希斯高興都來不及了，用膝蓋想也知道她不可能同意協助。而且莉芙希斯欠了奈西這個人情，如果摧毀那株幼苗，八成會讓她大發雷霆，大罵他這隻狗不懂得做人。

想到這裡，龍王召喚師忍不住翻了個白眼。他還能怎麼做？

「召喚什麼，龍王還在冷卻期間！」他勃然怒喝一聲，用了最常見的理由打發完，轉身回到被窩去。

宮廷什麼的，被摧毀了再找下一個東家就行了，只要有龍王在，芬里爾還怕沒有權力可掌控嗎？

兩名最強大的龍族召喚師都按兵不動，讓底下的所有宮廷龍族召喚師很緊張。長年追隨兩位模範的身影，眼下兩人不約而同表示還在召喚冷卻期間，讓他們立刻嗅出了異樣，因此不敢輕舉妄動，紛紛以各自的理由推託拒絕，整個家族竟無一人出手。

「那聲音好像頗熟悉的啊？」同爲龍族專家的他們，也比其他召喚師更早聽出不對。

「不會又是那傢伙吧……」

「不是被那孩子收服了嗎？難道……」

眾龍族召喚師你看我我看你，頓時驚覺大事不妙。

造成這場混亂的奈西此刻正與諾爾等人分開行動中，他絕對不能被捕獲，所以一舉一動都相當謹慎小心。

「跟諾爾說，他的前方十幾公尺處轉角有一位宮廷召喚師，避開。」克羅安站在奈西肩上，不斷接收著來自四面八方的魔族烏鴉回傳的訊息。見奈西臉色蒼白，他略帶擔憂問了一句：「還好吧？」

「嗯，還行……希望能在一小時內完成任務。」兩隻王與兩隻A級幻獸，再加上少數幾隻魔族烏鴉消耗了奈西大量的魔力，一次召喚出這麼多厲害的幻獸，連奈西自己也不敢相信能夠做到。

在已經召喚了三隻固定班底的情況下，他的魔力應該不足以再召喚一隻王才對，然而克羅安還是順利登場了。奈西猜想克羅安的所需魔力可能特別少，不過當他提起這點時，克羅安卻擺出了臭臉，讓他不好意思問下去。

「撐住，我族援軍正陸續趕到，在這裡的魔族烏鴉都過來協助了，人間界的友族烏鴉也是。」克羅安望了一眼天空，不停收到同族趕來支援的訊息，他們雖弱小，卻扮演相當重要的角色。

魔族烏鴉擁有一對能夠洞悉環境的利眼，無論對方是把自己的居所用幻術藏起來，還是住在伸手不見五指的洞穴內，他們都有辦法找到。這也是烏鴉會在深淵擔任郵差一職的原因。

他們是探路尖兵，由於長年待在黑暗陰森的深淵，諾爾製造的黑霧不會帶給他們多少麻煩。烏鴉們穿梭在宮廷中，標記敵人的位置，讓奈西與諾爾等人得以避開。

而作爲深淵郵局局長，克羅安已經習慣同時處理大量訊息，他十分有效率地分析出必要資訊回報給奈西，奈西再用意志傳達給在宮廷搗亂的三隻幻獸。

「是烏德克幹的嗎？」

「不，不是，我們確認過了！」

「那到底是誰……」

整個宮廷人心惶惶，如此束手無策的情況，很多年前也發生過一次，那時烏德克召喚出無頭爵士勒格安斯，一時沒看好，這傢伙就一路殺到國王面前求簽名了。整個宮廷都被勒格安斯走遍了，最後是由烏德克把幻獸趕回家。由此可見，魔族或許不像龍族一樣強悍，卻有著非常棘手的能力。

除了烏德克以外，還有誰能召喚出這麼強的魔族？

「魔王召喚師……」望著窗外，國王有些失神地喃喃。「那孩子……原來沒死嗎？」

當年的意外是在眾目睽睽之下發生的，照理來說應該不可能留有活口，可事實就在眼前，魔王召喚師還活著，此刻的入侵即是證明。

「魔王召喚師？」因事態危急，修迪來到了國王身邊一起商量對策，但情況出乎意料的糟糕，芬里爾家沒人肯出手。

令修迪更加疑惑的是，即使魔王召喚師已經侵門踏戶，卻依然沒有現身的打算。爲何魔王召喚師要刻意隱藏自己的存在？擁有金色契文的召喚師不是該被捧上天嗎？瞧瞧某個持有龍王契文的家族，影響力大到讓他們王族都感到威脅。

「魔王召喚師爲何不現身？」

「因爲他知道我們打算對他做什麼，魔王召喚師和龍王召喚師不一樣，沒辦法無限次數召喚王，他們召喚王，是要犧牲自己的生命的。」

得知這個眞相，修迪愕然了。

國王轉過身，嚴肅無比地說：「我們需要魔王，修迪。龍王早已不是人類能掌控的對象，我族唯一的王牌只剩下魔王了。必須趕在勇者一族滅絕前，把賽比西林攻下。」

修迪總算理解為何魔王召喚師不惜現蹤，也要把另一位勇者救走了，只要一天被王族控制，勇者一族就一天無法得到自由。最後的魔王召喚師以自己的存在當作賭注，費盡心機要達成目的。

恐懼的咆哮驀地再度襲捲而來，如同強力電流般阻斷了修迪的神經，讓他腦中一片空白，兩腿發軟跪在地上。

這一吼猶如當頭棒喝，他渾身顫抖著，越想越覺得不對勁。

這道恐懼之聲。

令人畏懼的毒。

摸不著底的黑暗。

修迪猛然抬頭望向窗外，雙目驚恐地圓睜。

他終於明白為何那個人會出現在宴會上了。

突如其來的明悟讓他心亂如麻，當他意識到時，已經拔腿奔出了大廳。

作為致勝關鍵的諾爾正與伊娃、霍格尼保持著不遠不近的距離，一同往烏德克的囚禁處推進，在烏鴉的幫助下，直到這時還沒有人成功捕獲他們。

一開始有不少幻獸想憑藉靈敏的嗅覺找出他們，但變紅後的伊娃會散發出強烈的特殊氣味，足以掩蓋他跟霍格尼的行蹤。三人有時會分開行動，不過大多時候都是依循彼此走過的路線互相掩飾。

霍格尼的吼聲讓所有人第一時間把矛頭指向他、伊娃的氣味與毒粉阻擋了追擊者，諾爾則以黑霧掩蓋兩名隊友的身影，若有敵人太過接近，他就過去攻擊擾亂對方。如果沒能識破這個合作模式，便無法阻止他們。

「各位停下！那個聲音，我想起來了，是災厄之龍的吼聲！」

「眞假？難道——」

「沒錯，沒猜錯的話，眞正的魔族只有一隻！抓到那隻魔族！唯有抓到他，才能一一擊破！」

諾爾走在屋頂上，聽見底下的召喚師如此說道。他對他們的機伶感到讚賞，但一點也不認爲那些人能逮到他。想抓住他的難度堪稱S級，他可是黑霧之主，行走無聲無息，又有烏鴉作爲眼線。

然而人算不如天算，在諾爾以爲事情進行得很順利時，他突然感受到奈西驚慌失措的情緒。

刻在手臂的契文亮起，奈西發來求救的訊號，諾爾二話不說，朝奈西的所在處拔腿狂奔而去，霍格尼和伊娃也接收到同樣的訊息，跟著趕了過去。

所幸奈西離他們不遠，過沒多久，諾爾便看見奈西僵在一條長廊上，四周被無數小蛇包圍，前方還站著一名蒙眼的男子。

「別緊張，我只是要帶你走而已，不會傷害你的。」此人正是亞蒙，他像是要擁抱奈西一般，張開自己的雙手。

「可惡……居然中了埋伏，你這傢伙怎麼會……」克羅安張了張翅膀，對他齜牙咧嘴。

「因爲我比任何人都想得到勇者，所以做了許多準備。」亞蒙看了看奈西，滿意地笑了。「你果然回來了，不枉費我等你這麼久。」

諾爾落到奈西旁邊，他將奈西擋在身後，面無表情盯著這名奇怪的男子。

「呵呵，引起這場騷動的事主終於出現了啊，樣子比我想像的無害嘛。」

「……眞的嗎？」明明是敵人，一聽到人家稱讚他無害，諾爾的語調就不自覺飄了起來，立刻被克羅安瞪了一眼。

此時伊娃與霍格尼也抵達了。

「這啥鬼？」霍格尼不禁皺眉，亞蒙不管是氣質還是長相都讓他感到非常不順眼。

「姆姆……好奇怪的人。」男子渾身散發的詭異氣息讓伊娃退到諾爾身後，有些忌憚地盯著他。

「三隻？難道這一切是你們三個做的？」亞蒙這會明白了眞相，他還猜測諾爾是僅次於魔王的超強魔族，結果竟是三隻幻獸合作搞出來的把戲，所有人都被騙了。

仔細一瞧，這個魔王召喚師一副剛滿十八歲的清純樣，確實不太可能召喚出太強大的幻獸，亞蒙本以爲自己要面對的是實力不亞於烏德克的S級召喚師，這下子事情變得簡單許多。

「看樣子是時候展露眞面目了。」男子笑笑地說，眾人以爲他是要拿下蒙住雙眼的黑布條，沒想到他的手卻伸向胸口，然後——

輕輕一扯，寬鬆的衣服從亞蒙身上滑落，毫無一絲遮掩的身軀就這樣赤裸裸地呈現在眾人眼前。

「靠！」霍格尼率先爆粗口，他難以置信地瞪著亞蒙。「你他媽是想展現什麼眞面目啊！」

只看過諾爾裸體的奈西頓時滿臉通紅，摀著臉低吟。

「姆姆？」在對方脫衣的瞬間，諾爾飛快遮起伊娃的眼睛，唯一沒受荼毒的她好奇地出聲。「有什麼東西嗎，羊羊諾爾？」

「有髒東西。」諾爾一臉嫌惡盯著男子，要不是有更不能遭受汙染的伊娃在，他早就摀住奈西的眼睛了，眼不見爲淨。

「有哪隻幻獸的召喚條件是要先裸體啊，也太過分了吧……」奈西忍不住哀號，這種幻獸他肯定打死也不會召喚，太誇張了。

此話一出，他身旁的四隻幻獸都用莫名其妙的表情看他，亞蒙更是大笑出聲。

「哈哈！召喚師？」亞蒙往後退了幾步，語帶笑意：「眞是可愛的猜測，小勇者。不過啊，我可不是人類喔，我啊——」

他的下半身開始變形，大量深色鱗片從腿上冒出，接著雙腿合而爲一飛快地抽長，在眾目睽睽之下，亞蒙的下身變成了細長的蛇身。

「我可是……」他高高揚起自己的身軀，吐出蛇類獨有的細長舌頭，不懷好意地說：「蛇族幻獸啊。」

奈西嚇傻了。

彷彿神話中的生物，亞蒙竟是半人半蛇的幻獸。

「上吧，把勇者拿下！」他一聲令下，周遭的蛇群紛紛衝過來，在諾爾等人被眾蛇纏住時，亞蒙迅速一個飛撲，猶如盯上獵物的猛獸般，奇蹟似的突破重圍擄走了奈西。

「啊啊！」奈西慘叫了聲，拚命掙扎，無奈亞蒙的力氣太大，他絲毫掙脫不了。這時霍格尼發出大吼，將所有小蛇震倒，三獸隨即追了上來，一道黑色劍氣擦過亞蒙的蛇身，他吃痛地低吟，卻爬行得更加賣力。

霍格尼於低空疾行，飛到亞蒙身邊想拎起那巨大的蛇軀，但被亞蒙一下拍飛，而後諾爾追上，氣勢洶洶地舉劍猛砍，這次亞蒙的身子被砍出一道長長的口子，頓時血花四濺。

「你……」奈西愣愣望著即使身負重傷，也依舊執著要把他帶走的亞蒙。此刻亞蒙游刃有餘的神情不復，只是咬著牙一路狂衝向前，這樣的態度讓奈西不禁遲疑起來。他仔細打量亞蒙的全身，發覺根本沒有契文在發光後，連忙對諾爾他們急喊：「等等！」

諾爾說過，召喚師的立場不見得就是幻獸們的立場，而亞蒙並沒有受到任何人指使，他是自己決定這麼做的。

這名幻獸爲何不惜一切也要得到勇者？

奈西將自己的想法用意志傳達給自家幻獸們，雖然諾爾他們有些不以爲然，不過仍是暫且按兵不動，決定先跟著看看。

亞蒙帶著奈西跑進一座高塔，化爲人形一路往上奔去，就在他們終於爬到最後一層時，一個驚慌的聲音從頂端的房間傳來：「亞蒙？」

想必那就是亞蒙的召喚師了，當他們看見此人的瞬間，全都齊齊一愣。

亞蒙的召喚師是一位年輕貌美的女子，她有著一頭漂亮的長髮，身著典雅的禮服。女子跪坐在房門前，焦急地想要查看亞蒙的傷勢，但她做不到，因爲她被囚禁了。

她握著面前的鐵欄杆，透過欄杆可以看見女子是待在一個舒適暖和的房間，突兀的景象讓奈西一時啞然。

亞蒙放下奈西，跪在地上，整個人氣喘如牛：「我……我把勇者帶來了……」

女子的目光隨即轉向奈西，只是這樣看著他，就好像確認了他的身分似的，女子露出欣慰的微笑。「原來這個時代眞的還有另一位勇者存在，眞是太好了……」

「妳是？」奈西呆呆地問。

「初次見面。」女子真誠地回應。「我叫唐娜，是前任王儲，也是這個國家的公主。」

「咦？」

「怎麼樣，嚇到了吧？我的召喚師比那個花瓶王子好多了對吧？」終於達到目的，亞蒙徹底放鬆下來，靠在欄桿上有些得意地說。

「為、為什麼……」

原本會成為女王的唐娜嘆了口氣，無可奈何地表示：「因為我打算犯下對父王而言不可饒恕的罪行，所以他把我關在這個房間，要我懺悔。直到我想通前，都不會放我出去。」

「妳打算做什麼？」奈西記得修迪成為新任王儲好幾年了，這麼看來，公主已經被關在這裡很長的時間。他難以想像究竟是多嚴重的事才會導致國王六親不認，非得把自己的女兒關起來不可。

「因為我打算在成為召喚協會會長以後……就要摧毀召喚條約。」

聞言，奈西身後的幻獸們都睜大雙眼。

「即使沒有召喚存在，我們跟幻獸也能和平共處，我深信這點。不料這個打算被父王得知，他便大發雷霆把我關了起來，然後就是你現在看到的樣子了。」說到這裡，唐娜的表情哀傷起來。

「我的想法與他背道而馳，所以被剝奪了繼承人的資格，父王他需要一個能夠繼承他的信念、繼承整個貝卡家信念的人，所以不惜把藏得好好的修迪推上檯面。不過他告訴我，雖然我已被剝奪資格，但只要我肯懺悔，便能夠放我自由。」

奈西看著至今仍被關在這裡的公主。

只要開口認錯、只要願意低頭，她就不用再受這種苦，然而她不願。他可以感覺得到，這位公主肯定是位意志堅強的召喚師。

「對父王來說，我是個政治罪犯。」公主認眞地說。「我不想向他認錯。這本來就是正確的事，我爲何要承認自己是錯的？這不是很奇怪嗎？反正我在這裡也沒有過得特別不好，只是很無聊而已。我原本想就乾脆一輩子待在這裡好了，可是現在不行了，因爲我想起來了，我有一個必須去見的人。所以可以的話，請帶我逃出這裡。」

聽到這個請求，諾爾眼神都死了。他們只是想要救出另一個勇者，結果卻意外開啟拯救公主事件，勇者的身分難道是磁鐵嗎？只要往外一站，叫做公主的全都會貼上來。

衝著公主的理念，諾爾並不會不樂意提供協助，只是這個突發事件無疑將讓他們的任務難度上升。在一群S級的眼皮底下行動已經夠不容易了，他擔心如果再多一位拯救對象，會讓他們落得任務失敗的下場。

想不到，不等他們開口，公主又笑著補充：「不過不用現在喔，我也沒什麼危險，只是被關在這裡而已。有空再救我就行了。」

「……」

奈西頓時無語，諾爾卻滿意地點了點頭。

不錯，這公主還算識相，知道英雄今天要救的美不是她，願意乖乖等待勇者下次來訪。

「妳確定？」亞蒙回頭望著她，語氣有些鬱悶。「這個勇者可是費盡千辛萬苦才殺到這裡啊，下一次就沒這麼容易了。」

「沒問題，他一定會再回來的。」唐娜一臉了然地對奈西微笑。「你來這裡，是爲了把你的家人救出去對吧？去吧，先救家人要緊。」

「可以嗎？」奈西猶豫地問，這位公主肯定也被困住很久了，就這麼讓唯一的希望離開，她眞的願意？

然而，公主點點頭，她握住奈西的手，眞摯無比地說：「等到明白一切後，總有一天，你必定會再回來這裡的。」

語畢，她看向亞蒙。

「請你助勇者一臂之力吧，亞蒙。」她堅決的表情讓亞蒙察覺到不對。

「妳的意思該不會是——」

唐娜頷首。「可以的話，希望你能成爲勇者的幻獸。」

「咦？」

奈西無疑是最震驚的，不過公主與她的蛇彷彿完全沒聽到他的驚呼，自顧自在他面前討論著要在他的魔導書裡留下契文。

「我知道你一直很期待我能當上女王，但亞蒙，我失敗了。現在的我不僅被剝奪資格，連獲得自由的權利都沒有。」唐娜苦澀地笑了，她看了一眼奈西，繼續說下去：「席爾尼斯家跟我有著同樣的理念，他們是尊重幻獸的家族，也同樣渴望著兩族和平共處的未來。與其整日跟著我在這抑鬱不得志，你跟著勇者家會好一點。」

「可是……」

「這是我最後的請求。」唐娜握住亞蒙的手，垂下目光，表情虔誠而溫柔。「我已經無法再有作爲了，在最後，我唯一能做的，就是派我最信任的幻獸成爲勇者的助力。」

刻於亞蒙胸口的契文亮起，他認眞地望著自己長年服侍的召喚師，感受到她的決意後，終於點點頭。「我明白了。」

「……」

雖然場面很感人，奈西卻是欲哭無淚。這些人從沒問過他這個當事人的意見啊！勇者連挑同伴的權利都沒有！人家想給就一定得收下，當初骷髏王跟無頭爵士也是這麼來的，說好的人權呢？

「那個……我……」

「來吧，勇者。將你的魔導書攤開。」

奈西徹底眼神死了。

最後，他還是乖乖打開自己的魔導書，讓亞蒙印上契文，書頁上的亞蒙有著半人半蛇的外形，朝前方吐著舌，看起來相當駭人。雖然奈西現在已經沒有高等幻獸恐懼症，看見這頁依然有種想撕掉的衝動。

奈西屈服了，不過他的幻獸倒是有些意見。

「蛇？」霍格尼皺了皺眉。「你要蛇幹麼啊？不是有我了嗎？蛇不過是龍的山寨貨，要他們有啥用？」

「龍不過是畫蛇添足的產物，有了我，你家的龍也可以丟了。」亞蒙微微一笑，從容反擊。

「哈？你什麼意思！有種來打一場啊！」霍格尼勃然大怒，瞬間想衝上去找人幹架。

「好了啦，你們不要這樣。」奈西趕緊拉開他們，無奈不已。都還沒向新加入的亞蒙介紹其他幻獸呢，這條蛇倒是很快地先融入鬥嘴文化了。

奈西抬頭看向這位莫名其妙加入的新夥伴，略顯緊張地開口：「亞、亞蒙，我是A級召喚師喔，你應該不——」

「放心，我A級。」

聞言，奈西鬆了口氣。

「你這山寨——」霍格尼反射性要大罵，奈西連忙用契文制住他，拚命比了噤聲的手勢。

「好了啦，現在先別吵！會被發現的！」他將霍格尼往後推，同時對亞蒙投去擔憂的眼神。「沒問題嗎？」

「我不知道能攔住多少，剩下的就看你們了，加油啊。」語畢，亞蒙從高空躍下，輕盈無比地落到地上。

「喲，怎麼一堆人圍在這啊？開宴會嗎？」甫從黑霧中現身，他立刻大聲嚷嚷起來，引來那些宮廷召喚師的注意。

「不干你的事，S級以下走開，這裡很危險。」

「幹麼啊？你們到底在防什麼？不會以爲魔王召喚師出現了吧？」像是覺得很可笑似的，亞蒙搖頭輕笑出聲：「一點黑霧就嚇成這樣，是不是哪天下個雨大家也要認爲勇者出現了？」

聽見他的挑釁，向來高高在上的宮廷召喚師怒了。「那你倒是找出兇手來啊！能召喚出這種等級的魔族，若非魔王召喚師又會是誰！」

「也沒人能證明是魔王召喚師啊，大家都知道烏德克是最後的勇者，怎麼可能憑空冒出另一位勇者來呢？」

此話一出，眾召喚師面面相覷，但老牌召喚師可沒被他唬到。要憑空生出一個勇者是不太可能，可是他們知道，前任魔王召喚師確實育有一子，儘管在這之前，他們認爲那孩子已經死了。

亞蒙也明白自己並未說服每個人，於是拋出一個更加具有說服力的疑點：「就算前任魔王召喚師的孩子眞的還活著，算一算不過也才十八歲，有本事召喚出這麼強的幻獸嗎？歷史上有哪個召喚師十八歲就成爲S級的？」

這番話眞的讓宮廷召喚師們陷入猶豫了。

所有人在亞蒙的刻意誤導下，幾乎都快陷入這個邏輯陷阱，然而此時有人忽然驚覺：「不對啊，那吼聲分明是災厄之龍！」

亞蒙嘖了一聲，他不經意往上頭瞄了一眼，建築的屋頂處隱約可以看見奈西等人模糊的身影。在這麼關鍵的時刻，他絕對不能讓宮廷召喚師們提起警戒，一定得想想辦法——

「你們在找魔王召喚師？」一個略帶焦急的聲音驀地傳來，眾人循聲看去，只見王子修迪不知何時從黑霧中現身，朝這裡快步接近。

「是的，殿下。魔王召喚師很有可能會發起攻擊，請您回去吧，這裡很危險的。」面對王族，宮廷召喚師的態度明顯客氣多了。

修迪神色凝重：「我剛剛看見有個金髮的人影往那個有拱門的房間去了，該不會就是他吧？」

這個消息讓在場的宮廷召喚師們臉色大變，彷彿末日要來臨了一樣。

「快！快去那裡！」

「絕不能讓魔王召喚師破壞那裡！」

一眾宮廷召喚師趕緊領著自家幻獸，以跑百米的速度朝修迪所說的地方衝去，連勇者都不顧了。

「趁現在！」克羅安低語，率先從屋頂飛了下去，諾爾等人緊隨其後。

對於修迪的舉動，奈西百思不得其解，在被諾爾抱著落到地面時，他朝修迪那裡望了過去。

就好像知道他會出現一樣，這一刻，修迪的目光明確地與他對上。面對奈西，修迪沒說什麼，只是帶著複雜的神情轉身離開。

雖然奈西很想知道修迪爲何會出手相助，但此刻援救烏德克更重要。

他們成功從未被封鎖的出入口潛入建築，托修迪的福，這裡的守備人力減少許多，剛剛那個假情報讓所有宮廷召喚師如臨大敵，幾乎全都趕往拱門所在的房間去了。

奈西一行人順利地來到一扇厚重的大門前，一眼便看見守在門前的召喚師。顯然沒料到他們會闖進來，那位召喚師嚇壞了，他反射性地想召喚幻獸，隨即發現有個大問題。

這下慘了，他要是召喚出能擋下魔王召喚師的S級幻獸，不就代表沒魔力召喚妖精女王了嗎？一旦被裡面的烏德克知道這點就完蛋了。

可是若他現在召喚出妖精女王，肯定攔不住魔王召喚師的啊！妖精女王是E級幻獸，哪來的能耐抵抗這些戰鬥能力出色的幻獸！

有生以來，這名召喚師第一次體會到何謂腹背受敵。就在他陷入天人交戰時，魔王召喚師身邊的黑色幻獸快步走上前，一臉淡定地巴了他的頭。這一下力道之大，讓體弱的召喚師瞬間被拍暈，倒在地上。

「……」

對於最後一位敵人如此輕鬆地被解決，奈西無言以對。召喚師就是一種沒了幻獸便毫無威脅性的生物。

諾爾一腳踹上門，厚重的大門在諾爾的暴力下，猶如一片薄薄的木板般被輕易踹裂。

門一倒下，房內立刻傳來興奮不已的歡呼聲。

發出聲音的人自然是艾斯提，他欣喜若狂地上前迎接眾人，甚至猛地一把抱住諾爾。

「幹得太好了！你們果然沒讓我失望！」他一邊大力拍著諾爾的背，一邊黏到諾爾身上，諾爾皺起眉頭，露出像是看到克莉絲的表情把骷髏車夫推開。

「艾斯提！」伊娃高興地撲向艾斯提，諾爾也樂見艾斯提轉移擁抱目標，在脫離骷髏的魔掌後，他的視線落到奈西身上，奈西的眼裡早已只有站在房間深處的黑袍召喚師。

那位獨自守著家族十幾年的金髮召喚師，此刻正沉默地站在月光下，對於自己獲救一事，他並不如自家使魔那般高興，而是露出複雜的表情，輕喚了一聲：「奈西？」

聽見這聲微弱的呼喚，奈西再也止不住眼淚，奔過去緊緊抱住了烏德克。

「已經夠了，你不用再一個人承擔一切了……」他將臉埋在烏德克的懷裡，顫抖著聲音緩緩說。「從今以後，我也一起。我要跟你一樣作爲勇者活下去。」

「……即使等著你的，是被死亡陰影籠罩的未來，你也要這麼做嗎？」烏德克的聲音充滿悲傷。

「我不會死的。」奈西抬起頭。「我會跟你一起活下去，若這個國家無法接納我們，就逃到另一個國家去。若這個世界不允許我們存在，就逃到幻獸界去，總有一個地方能讓我們一起活著。」

烏德克的神情掙扎起來，他伸出冰冷的手，輕輕撫上奈西的臉龐。「你原本不用過這種生活。」

「你說過，要我幸福快樂地生活，我可以做到，但那個未來必須有你。」奈西的態度異常堅決。

「我要跟你一樣。」奈西露出笑容，用虔誠而堅定的語氣說：「一同守護著勇者僅存的榮耀，直到迎來勇者終結的時代。」

這番宣言讓烏德克的眼眶一陣發酸，忽然間，他覺得一切都無所謂了。不管他過去做了什麼，此時此刻，奈西已經爲自己的人生做出選擇。

奈西要做為一個勇者，跟他一同活下去。

「……嗯。」他低頭抱住奈西，臉上露出淺淺的微笑。「我們走吧。」

當他抬起頭時，見到諾爾面無表情看著他，手上拿著一本攤開的魔導書，上面印著勒格安斯的畫像與契文。

他帶著笑，伸手覆上勒格安斯的契文。

「召喚，無頭爵士·勒格安斯。」

他們身邊冒出一道召喚陣，興奮不已的歡快呼聲傳來，一抹巨大的影子迫不及待地從召喚陣衝出，黑影不斷擴大，瞬間爬滿了整個房間。

「別興奮了，快帶我們離開。」想必已經見識過這場景很多次，烏德克不耐煩地說。

「哦哦哦這不是烏德克嗎！你還活著啊！太好了，我還在想你是不是真的衰死了！」影子中冒出一顆頭，隨後勒格安斯整個人浮了起來，他的馬也跟著浮出，一人一馬激動不已地在烏德克身周打轉。

「……」

「別發瘋，快走。」

聽見諾爾的聲音，勒格安斯又發出歡呼：「諾爾你也在啊！咦？還有艾斯提跟小妖精？那隻住過我亞空間的龍也在耶！這是要開派對的節奏嗎？」

「閉嘴！到底走不走啊你！」霍格尼暴怒。

「勒格安斯，走。」一個冰冷的聲音忽然闖入，勒格安斯回頭一看，頓時嚇得整個人往後一彈。

「靠靠靠你怎麼在這！」他就像是做壞事被抓包的小孩，連連後退好幾步。

「先說好，我啥也沒幹啊！」

「你再不辦事，就讓你好看。」克羅安冷冷地說。此話一出比召喚師本人命令還有用，勒格安斯立即乖乖騎上他的馬。

「知道啦，總之逃走就對了吧？大家坐穩嘍！」

「什——」奈西正疑惑著這麼多人能坐哪裡，此時腳底的地面忽然化爲一個無底沼澤，把大家都吞了進去。

世界霎時變成一團混沌的空間，一堆亂七八糟的東西浮在空中，儼然一個無重力垃圾窟，此外還有種像是沉進水中的感覺湧上。奈西想要掙扎，卻發現自己其實可以呼吸。

他愣愣地看著諾爾熟練地拖了一張沙發過來，將他與烏德克安置到沙發上後，諾爾摸摸他的頭，往上一游，出了亞空間。

「喲，諾爾。」對於諾爾自己從亞空間脫離，勒格安斯並不感到意外，一年來的對練可不是白費的。

「打包那個召喚師。」在奔出房間時，諾爾指向那名方才被拍昏的召喚師。悲慘的召喚師馬上沉入看似黏糊糊的影子沼澤中。

「沒問題！空間還很多喔，還有什麼紀念品要帶嗎？」勒格安斯興沖沖地問，用觸手將諾爾拉到自己的馬上。

「沒了，走。」諾爾站在馬背上，一手搭著勒格安斯的肩膀，一手抽出背後的劍。

衝出去的同時，他對趕來的追兵揮出幾道黑色氣刃，在身側有魔族之氣聚集體加持的情況下，諾爾的魔刃比平時來得更加強大，不少追兵被他砍得連連敗退。

「哎喲越來越多人過來了，大家統統不准動！」彷彿在玩一二三木頭人似的，勒格安斯一喊不准動，所有敵人隨即被自己的影子釘在原地，只能眼睜睜看著勒格安斯揚長而去。

勒格安斯並非憑藉力量強悍揚名，卻令許多幻獸聞之色變，他的存在很好地詮釋了魔族最強大之處——棘手。

不若龍族以破壞力著稱，魔族的能力既低調又千奇百怪，只要運用得當，甚至能發揮出比自身實力要強上好幾倍的效果，諾爾就是很好的例子。而勒格安斯雖然不能有效擊殺幻獸，其操控影子的能力卻異常難纏，如今他的剋星妖精女王又不在，再也沒有幻獸能制住他。

「慢著，有話好說！」滿溢著驚恐的一句喝阻響起，本來打算從屋頂一躍而下的勒格安斯懸崖勒馬，好奇地把頭轉向聲音的來源。

只見一名中年男子匆匆走到中庭，身後領著一群召喚師，他仰頭望著這名黑影

那語氣是如此誠懇，毫無一絲虛假。

望著烏德克的笑容，奈西無法再忍住情緒，他的眼眶酸澀，視線模糊起來。

他抹去淚水，露出了最燦爛的笑。

「嗯！」

（未完待續）

番外　跟蹤？不，是從你的世界路過

這是發生在開學幾個月後，奈西與烏德克相認之前的小插曲。

某個陽光普照的好天氣，奈西決定下午跟幻獸們一起開個小茶會，在進廚房做些甜點前，他先把諾爾跟霍格尼召喚出來晒晒太陽。

「我跟托比去忙了，你們要乖哦，不能惹事，不能欺負路人。」這句話自然主要是對霍格尼說的。這一年以來，不知發生過多少次霍格尼把路人嚇跑的事件，這傢伙化爲龍形頗爲嚇人，變成人形也是個面色不善的彪形大漢，常常一個眼神瞪過去就能把路人嚇到腿軟。

此話一出，諾爾也看向霍格尼，完全把責任撇清。被兩人盯著，霍格尼煩躁地抓了抓頭：「吵死了！老子像是會惹事的龍嗎？去去去，快進你的廚房幹活。」說完，霍格尼無視仍想叮嚀幾句的奈西，把人推進廚房裡。

他轉身回到庭院，諾爾早已找了個有樹蔭的好位置，擺出母雞蹲的姿勢準備睡午覺。他一隻大山羊很不客氣地將庭院裡唯一一棵蘋果樹的樹蔭占走了，霍格尼忍不住嘖了一聲，翅膀一拍飛到屋頂上，也打算睡個好覺。

但在他入眠之前，幻獸的本能讓他感覺到似乎有哪裡不對勁。

此刻確實有不對勁的地方，因爲這個家來了一名不速之客。

「哼，還是住在這麼寒酸的地方嗎？」一名少年鬼鬼祟祟地躲在附近望向奈西家，還輕蔑地哼笑一聲。「成爲A級召喚師也沒什麼了不起嘛，還不是一樣是個孤伶伶的庶民，看我在學校怎麼嘲笑你。」

這個探頭探腦的人正是修迪，他披著樸素的深色召喚師袍，特地拉上了兜帽，看起來行跡非常可疑。

修迪跟正直的伊萊不同，他早就知道奈西沒有家人了。爲什麼呢？因爲他從以前就偶爾會跟蹤……跟著奈西回家。

雖然修迪很不想承認，不過以前的他一心崇拜著奈西，心想奈西這麼強，家裡一定有很多厲害的幻獸，甚至猜測奈西說不定會使喚A級幻獸幫忙做家事。他提過幾次希望能去奈西家作客，然而都被拒絕，因此最後才按捺不住好奇跟蹤人回家，進而發現了眞相。

即使一開始就知道奈西說謊，這仍然不減修迪的崇拜，直到意外發生。

後來重逢他可開心了，雖然王子的生活很不好過，但怎麼說他都是個人生贏家！修迪自認擁有帥氣的外表跟尊貴的身分，成績也很優秀，相較之下奈西根本是魯蛇，他都已經想好要如何嘲諷奈西了。想不到就在開學之前，奈西居然取得了A級召喚師的資格。

更氣人的是，好脾氣的奈西竟沒有任憑他欺負，還會威脅他！這有天理嗎？他記憶中的天使奈西去哪了？他眞想打死那些帶壞奈西的傢伙，都是因爲他們，他才無法從奈西身上獲得欺負人的舒暢感！

「喂。」一個渾厚的嗓音冷不防自身後響起，嚇得修迪身子一震。他立刻轉過身，只見化爲人形的紅龍板著臉孔盯著他。

「看個毛啊，想搶劫？小心我吃了你。」

「你……」修迪自然認得出霍格尼，這傢伙前些日子才威脅過他。他拉下兜帽，惡狠狠地說：「沒教養的東西，竟敢對我說這種話，不怕你的召喚師因此吃上苦頭？」

「哈？你是那個花瓶王子？你在這裡幹麼？」

聽到這個稱呼，修迪深吸一口氣，忍住揍龍的衝動，沒好氣地回答：「我路過不行嗎？」

「路過？你他媽鬼鬼祟祟盯著我們家，這叫路過？你到底多在意那小鬼啊？」

「我這叫觀察敵情，不要誤會好嗎？」

「觀察情敵？」黑羊劍士悄聲無息地出現在修迪背後，偏了偏頭，滿臉好奇，又把修迪嚇了一跳。

「你何時出現的？」

修迪才剛問出口，霍格尼就大刺刺地搶著說：「要是連你一個小屁孩都能察覺到他的出現，這傢伙還稱得上魔族嗎？」

「你很在意奈西，我懂。」諾爾一臉什麼都明白的樣子，同情地點點頭。「有些人喜歡欺負，在意的人。但是行爲太過火，會被討厭的，例如偷窺人家。」

「……」

修迪眞的很懷疑奈西爲何能忍受這兩隻幻獸，他才對話不到幾句便覺得快腦溢血了，偏偏又不能怎麼樣。偷窺被抓包就算了，這兩隻他也打不過。

「現在是什麼情況？」沉重的踏步聲傳來，不出幾秒，一棵兩層樓高的蘋果樹移到他們旁邊，若無其事地伸展開自己的枝葉。一看到這棵蘋果樹，修迪的臉色猛然刷白。

「……你是幻獸？」

「咦？你是奈西以前的朋友吧？好久不見，又來偷窺了啊。」

聞言，一羊一龍都對修迪投以看變態般的目光，看得修迪瞬間又有了殺獸滅口的衝動。

「我這叫觀、察、對、手，你們不要誤會！」他氣急敗壞地解釋，惡狠狠指向小蘋果。「倒是你，爲何這麼多年來都不跟我說你是幻獸！耍我嗎！」

「我以爲你知道啊，這附近的鄰居都知道我是幻獸，有哪棵樹會天天換位置，一下消失一下出現的？」

「……」

怪不得他每次來都覺得有人在盯著，那居然不是錯覺。想到這裡，修迪就很想將這棵樹連同自己的黑歷史一起砍掉。

「事情不會就這麼算了，你們給我記住，這筆帳我下次討回來！」說完，修迪氣沖沖地離去了。三隻幻獸啞口無言地互看一眼，隨後返回奈西家的庭院。

「這年頭喜歡偷窺的怪人是不是越來越多了？眞擔心啊。」小蘋果無力地趴在屋頂上，嘟囔了一句。

「還有其他的？」諾爾無語了。

「有啊，從以前開始，每隔幾個月，深夜都會出現一名行徑可疑的骷髏，他會偷偷摸摸地觀察這個家，再把裝著生活費的信封塞進信箱後悄悄溜走。有一次我逮住這名骷髏，對方聲稱他是貝卡的官員，因爲奈西是低收入戶，所以他會定期送上補助。」

「……」

「低收入戶補助？」後來開茶會時，諾爾對奈西提起這件事。奈西點點頭，回答：「對啊，雖然這個國家有點問題，但提供給低收入戶的協助眞的很不錯呢，每隔幾個月就會送上一大筆生活費，在我考上召喚師學院後，生活費還增加了。」

說到這裡，奈西露出有些不好意思的笑容：「只不過有時候會覺得是不是有點熱心過頭了，這幾年來還會在信箱旁看到食材、新衣服、新課本之類的，這個國家眞的花很多心思栽培召喚師。」

「……」

一想到這些很有事的傢伙已經出沒好幾年，諾爾便忍不住覺得奈西也太毫無防備。雖然他知道那些人沒惡意，但還是亂詭異的。

於是諾爾摸摸奈西的頭，表示：「以後在附近看到，可疑人士，一定要跟我講。」

奈西的神情有些疑惑，不過還是聽話地點點頭，諾爾這才稍微放下心。

沒辦法，這年頭怪人太多，不多多留心實在不行啊。

後記　突然出現的轉學生是我的青梅竹馬還是富二代王子殿下

似乎又到了跟大家閒話家常的時間，還是先來個老話一句湊字數——大家好這裡是草草泥。

謝謝大家看到這裡，我們下一集再見。

——開玩笑的請不要當眞，當然還是會跟各位聊聊的，我只是想這樣寫寫看而已，希望善良的編輯不要把這一段刪掉。

總之，這一集正式揭露了主線！也就是魔王召喚師與他愉快的修羅場。（奈西：並沒有愉快……）主線裡加入了很多我喜歡的元素，像是勇者、騎士、王子之類，當然也少不了魔王。

我們知道勇者會打贏魔王，騎士會戰勝惡龍，人類會打敗可怕的怪物，從此過上幸福快樂的生活。可是在那之後呢？在Happy Ending以後，眞的所有人都能過著永遠幸福快樂的日子嗎？

《召喚師》便是發生在Happy Ending之後的故事。勇者成了Happy Ending的犧牲者，騎士開始對這個結局不屑一顧，建立了召喚師之國的魔法師後代則仍得爲了國家的未來煩惱。當年的快樂結局就像是詛咒一般，束縛了這些英雄的後代。

當然，所謂的「快樂結局」對幻獸們而言肯定並不快樂，對於同樣有血有淚，也有想守護的事物的幻獸來說，這樣的結果絕對不是他們想要的，這集登場的龍族女王也表明了這點。

在這個本該結束的童話裡，人類與幻獸究竟該如何面對未來，又該抱持著怎樣的心情活下去，下一集的魔王與勇者將會告訴大家答案。答案不會只有一種，每個角色都有自己的故事與經歷，也有屬於自己的答案。這點還請大家在書中慢慢體會了。

然後還有一件很重要的事必須聲明，魔王召喚師的後宮已經全部登場完畢，不會再有新的了！再來一個麻煩人物，奈西就要哭了。

我知道「突然出現的轉學生居然是我的青梅竹馬還是富二代王子殿下」諸如此類的發展很狗血，但因爲我很吃這套，所以還請多多包涵。（躺）

最後收服的亞蒙也是一個挺有意思的角色，雖然他的加入很突然，不過他在故事後期是滿重要的角色，我花了不少心思去描寫他，只是讓我耗費最多心血的仍非烏德克莫屬，有時候甚至寫到很想吐槽你這傢伙爲什麼這麼難搞。

他就是個問題王，當初總編看完第二集後，和我討論過烏德克的事，責編也跟我提過烏德克的問題。本來寫著寫著我覺得自己已經很了解他了，但聽到編輯提出的疑問後，又覺得自己不了解他了，常常要花很多時間思考烏德克到底在想什麼。

而且他的過去與主線息息相關，一個差錯就有可能導致主線出現BUG，對我而言，他就是《召喚師》這部作品的魔王，每次故事冒出什麼漏洞，八成都跟烏德克有關。後來我乾脆爲烏德克寫了一萬七千字的設定，這才終於把問題統統解決，你們看看他有多誇張。我原先只想寫五千字的，結果寫完卻變成一萬七千字，我自己都不知道發生了什麼事，大概是烏德克的衰小之力在作怪。

烏德克眞的是讓我最頭痛的角色，可我還是愛他的，沒有愛就不會花這麼多心力了，下一集也會讓大家更加理解烏德克在想什麼的。

雖然這集比較驚險，不過下集奈西就會攜家帶眷回老家，與烏德克展開幸福同居生活了！希望大家還喜歡這集不裝嫩改裝逼的諾爾，以及有點壞壞的奈西，這一次眞的要說再見了，我就跟諾爾一樣誠實，不會欺騙大家的！

謝謝大家看到這裡，我們下一集再見。

草草泥

國家圖書館出版品預行編目資料

召喚師的馴獸日常. 4, 上輩子沒積德,這輩子當勇者 / 草草泥著. -- 初版. -- 臺北市;城邦原創出版:家庭傳媒城邦分公司發行, 2017.01
面;公分

ISBN 978-986-94123-4-6(平裝)

857.7 106000161

召喚師的馴獸日常 04
上輩子沒積德,這輩子當勇者

作　　者/草草泥
企畫選書/楊馥蔓
責任編輯/陳思涵

行銷業務/林政杰
總 編 輯/楊馥蔓
總 經 理/伍文翠
發 行 人/何飛鵬
法律顧問/元禾法律事務所　王子文律師
出　　版/城邦原創股份有限公司
台北市中山區民生東路二段 141 號 6 樓
電話:(02) 2509-5506　傳眞:(02) 2500-1933
E-mail:service@popo.tw
發　　行/英屬蓋曼群島商家庭傳媒股份有限公司城邦分公司
聯絡地址:台北市中山區民生東路二段 141 號 11 樓
書虫客服服務專線:(02) 25007718・(02) 25007719
24小時傳眞服務:(02) 25001990・(02) 25001991
服務時間:週一至週五09:30-12:00・13:30-17:00
郵撥帳號:19863813　戶名:書虫股份有限公司
讀者服務信箱 email:service@readingclub.com.tw
城邦讀書花園網址:www.cite.com.tw
香港發行所/城邦(香港)出版集團有限公司
地址:香港灣仔駱克道 193 號東超商業中心 1 樓
email:hkcite@biznetvigator.com
電話:(852)25086231　傳眞:(852) 25789337
馬新發行所/城邦(馬新)出版集團 Cité(M)Sdn. Bhd.
41, Jalan Radin Anum, Bandar Baru Sri Petaling,
57000 Kuala Lumpur, Malaysia.
電話:(603) 90578822　傳眞:(603) 90576622
email:cite@cite.com.my

封面插畫/喵四郎
封面設計/蔡佩紋
印　　刷/漾格科技股份有限公司
電腦排版/陳瑜安
經 銷 商/聯合發行股份有限公司
電話:(02)2917-8022　傳眞:(02)2911-0053

■ 2017 年 1 月初版
■ 2022 年 10 月初版 7.3 刷
Printed in Taiwan

定價 / 230元

著作權所有・翻印必究

ISBN　978-986-94123-4-6

城邦讀書花園
www.cite.com.tw

本書如有缺頁、倒裝,請來信至service@popo.tw,會有專人協助換書事宜,謝謝!